JN285394

illustration NASE YAMATO

「すごい…ね…」
海晴はその光景を見ながら、そっとつぶやいた。
「ホントにするんだ…どうしよう…」

# 保育士さんはパパのもの♥

Papa loves day nursery's teacher

森本あき

AKI MOROMOTO presents

KAIOHSHA ガッシュ文庫

イラスト★大和名瀬

CONTENTS

★本作品の内容はすべてフィクションです。
実在の人物・地名・団体・事件などとは一切関係ありません。

あなたのものに、なってもいいですか？

# 1

「有吾さっ…」

及川海晴《おいかわみはる》は、キスの合間にささやいた。高村有吾《たかむらゆうご》がにやりと笑う。

「なんだ?」

「もっと…ゆっくっ…んっ…んんっ…」

また唇をふさがれて、舌が中に入ってきた。上顎《うわあご》をくすぐられて、海晴はぎゅっと高村にしがみつく。さんざん舌を吸われて、そこが、じん、としびれたようになった。唇が離れる瞬間、唾液《だえき》が糸を引く。

「悪いが、そんな余裕はない」

十七歳年上の恋人は、だけど、言葉とは裏腹に、焦《あせ》った様子もなく海晴の洋服を脱がせ始めた。海晴は薄手のセーターの下には何も着ていない。下もちょっとゆるめのチノパン。そのつもりで来たのが丸分かりの服装に、海晴は頬《ほお》を染めた。それに気づいた高村が目を細める。

「俺の手間を省くために、わざわざ脱がせやすいものを着てきてくれたんだろ?」

「ちがっ…」

ちがわないけど。それもあるけど。

認めるのは、恥ずかしい。

だいたい、だれかと恋人になるのも、こうやって体を重ねるのも初めてなのだ。もうちょっと手加減してくれてもいいんじゃないだろうか。

「大掃除…手伝いに来たから…」

今日は大みそか。家事が苦手どころか、壊滅的《かいめつてき》といってもいい高村を手伝いに、海晴は朝から張り切ってやってきた。おかげで、家はぴかぴか。換気扇《かんきせん》の油汚れ、お風呂のカビ取り、電気の笠《かさ》のほこりとり、などなど、普段ならできないところまで、予定どおり掃除し終えた。

高村の息子の有也《ゆうや》も一生懸命手伝ってくれて、すごく楽しい一日だった。体を動かして疲れたせいか、有也はぐっすりと眠っている。

そして、いまは、恋人同士の時間、というわけだ。

「汚れてもいいように、軽装なのか?」

からかうような高村の口調。海晴はこくんとうなずいた。

「俺に脱がされるためじゃなくて?」

それには、返事ができない。

分かってほしい。気づいてほしい。

だけど、追及はしてほしくない。

高村はこういうことに慣れているだろうけど、海晴にとっては何もかも初めての経験で。

キスはした。ちょっと愛撫《あいぶ》はされた。だけど、あれは五日も前。

まるで何かの奇跡のように、高村が、好きだ、と言ってくれた。

海晴も、好きです、と泣きながら答えた。

叶《かな》うなんて思っていなかった恋。

だけど、ちがった。

高村が恋人になってくれた。

嬉《うれ》しくて、幸せで、どうしようもなくて。

この五日間、ずっと、ふわふわとした気分で過ごしていた。

海晴の勤めている保育園は三十日までやっている。高村の仕事納めも三十日。だから、大みそかを一緒に過ごそう、と言われたときは、久しぶりに高村とゆっくり過ごせるのが楽しみだったけど。

つまり、そういうことなんだろうな。

そのことに気づいてからは、赤くなったり、不安になったり、いますぐに会いたくなったり、だけど、有也を迎えに来た高村と顔を合わせると意識してしまいそうで、わざと職員室から出なかったり。

毎日、電話で話した。

毎日、メールをした。

毎日、高村のことを考えていた。

今日も、インターホンを鳴らすとき、ちょっとだけためらった。五日間というのは、短いようで長い。高村の気持ちが変わっていたら、どうしよう。クリスマスの日のことは、ただの気の迷いで、本当は自分のことなんか好きじゃなかったら。

だけど、そんな不安は、わざわざ下まで降りてきてくれた高村の顔を見た瞬間、全部吹き飛んだ。

有也がいるとできないから。

いたずらっぽく笑いながら、キスをしてくれたときに、ああ、この人はぼくの恋人なんだ、としみじみと思った。

大掃除をして、手早く昼食を食べて、また大掃除の続きをして、おそばの出前を取った。

年越しそばを、年を越す瞬間には食べられないことを、おたがいに分かっていたから。

普通に会話をしながら、ずっと心臓が脈打っていた。

好き、と言いたくなったり、抱きつきたくなったり、キスをしてほしかったり。

そんな感情を抑《おさ》えるのが大変だった。

そして、いま、ようやく二人きりになれて。有也が寝ている寝室からはかなり離れた客間のベッドに、二人で横たわっている。

押し倒されたときには、高村に抱きついていた。

キスをされて、幸せだ、と思った。

それからずっと、胸がドキドキしている。

クリスマスの日も、こうだっただろうか。

高村にキスされて、体の熱が上がっただろうか。

これからすることに、恐怖と、そして、ちょっとの期待を抱いていただろうか。

それは、もう思い出せないけど。

だけど、また教えてくれればいい。

好きな人に抱かれること。

それがどんなことなのか、今日、ようやく分かる。

「俺は、これから海晴を裸《はだか》にして、全身をくまなく愛撫して、それから、海晴を抱くつもりだ。いいのか？」

高村は海晴のセーターをたくし上げた。暖房が効いているはずなのに、なぜか、ひやりとした冷気が体を撫《な》でる。

「海晴は、それでいいのか？」

「ど…して…」

海晴は真っ赤になった顔を隠した。

「そんなこと…聞くの？」

ただ、してくれればいいのに。

有無を言わせず、抱いてくれればいいのに。

それを、自分も望んでるのに。

どうして、そうやって確認するの？

もしかして、と、海晴は思った。

本当はしたくないから、海晴に、いやだ、と言ってほしいの？

クリスマスの日は、思わず手を出してしまったけれど、よく考えたら男を抱くなんて気持ち悪い、って分かってしまったの？

「なんつーか」

高村はくすりと笑った。

「海晴は何を考えてるのか、すぐに分かっていいな。有也と一緒だ」

「ぼくが子供っぽいってこと？」

たしかに、高村から見たら子供かもしれない。社会人としての自覚はあるつもりだけど、まだ働き始めて二年とちょっと。甘いと言われれば、返す言葉がない。

「あと、思ったよりネガティブ。あのな、よく考えてみろ」

高村は手を止めて、じっと海晴を見つめた。

「俺はもうくたびれたオヤジだが…」

「そんなことないよ！」

海晴はぶんぶんと首を横に振った。

「有吾さん、くたびれてないし、オヤジでもない！　すっごいかっこいいよ！」

「…いいなあ、その素直さ」

高村はまぶしそうに目を細める。

「俺も、そうやってストレートに言えればいいんだけどな。年食うと、逃げ道を作ることだけはうまくなる」

高村は自嘲《じちょう》ぎみにつぶやいた。

「怖いんだよ、俺は」

怖い？

高村の口から初めて出た言葉に、海晴は首をかしげた。

何を怖がることがあるの？

「いままで、好きになった相手にはふられてばかり。見合い結婚した相手は、俺のこと好きでもなんでもなくて、すぐに捨てられた。まあ、あいつに関しては、俺も別に好きじゃなかったからいいが…」

高村は言いよどむ。

「海晴にまで愛想《あいそ》をつかされたら？」

あまりの驚きに、言葉が出なくなった。

何を言ってるの？

だって、好きになったのはぼくのほうだよ？

ぼくが、有吾さんを好きなんだよ？

そう言いたいのに、ただ高村を見つめ続けるだけ。

ほわん、と、胸の中に温かい気持ちが広がった。

有吾さんも不安だった？

もしかしたら、この五日間で気持ちが冷めたかもしれない。あれはまちがいだったと気づいたかもしれない。

だけど、一応、恋人になったんだから、すぐに別れるわけにもいかなくて、つきあってくれているのかもしれない。

自分がそう考えたように、高村もちょっとは心配になった?

だったら、嬉しい。

だって、それは好きだから。

自分を好きでいてくれるから、そうやって心配になるのだ。

「俺はいい。ふられても、しょうがなかった、ですむ。けど、海晴は本当は抱かれたくないのに、いまここにいるのかもしれない。つきあってるんだから仕方ないか、と思ってるだけかもしれない。でも、よく考えろ」

高村の目が真剣になる。

「男に抱かれるんだぞ?」

「ちがうよ」

海晴はきっぱりと言い切った。

ちがう。全然、ちがう。

まったくもって、見当ちがいだ。

海晴はにこっと笑うと、自分でセーターを脱ぐ。

「有吾さんは、ぼくに触りたい？」

海晴は高村の右腕を取った。そのまま、胸にその手を当てる。高村ののどが、ごくり、と鳴った。

「有吾さんがいままで抱いたことのある女の人みたいに、胸なんかないよ？　ぺったんこだよ？　やわらかくもないし、抱き心地だってよくない。それでも、ぼくに触りたい？」

「俺の忍耐力を試すのはやめてくれ」

だけど、高村は手を引かない。それが、嬉しい。

「手を動かしていい、と海晴が許可してくれれば、その答えはすぐに教えてやる」

海晴は微笑《ほほえ》んで、言葉を続けた。

「男に抱かれるんじゃないよ。大好きな有吾さんに抱かれるんだよ？　それを、ぼくがどんなに幸せに思ってるか、分かってる？」

「海晴…」

高村が小さくつぶやく。

「有吾さんは、男を抱くの？　それとも、ぼくを抱いてくれるの？」

「心配性で、よけいなことまで不安に思って、俺をまったく信じてないようなこと考えてたくせに」

「うん、ごめんなさい」

海晴は素直に謝った。高村の愛情を疑うのは、信じてないのと同じこと。だけど。

「有吾さんもだよね？」

「ああ、そうだな。悪かった」

高村は左手で海晴の髪を撫でた。海晴はくすぐったさに身をすくめる。

「海晴は、いつだって大事なことを俺に教えてくれる。海晴のが十七も下なのにな。情けない」

「そんなことないよ」

海晴は首を振って否定した。

「ぼくが不安だったり、心配だったりするときに、有吾さんはさっきみたいにすぐに気づいてくれて、ぼくを安心させてくれる。ぼくは自分のことで精一杯で、有吾さんのことをそういうふうに気づかってあげられない。守られてるのは、ぼくだよ？」

「ちげーんだけど、ま、それでいいや」

高村はようやく晴れやかな笑顔で笑う。

「俺はそうやって海晴を安心させてやれてるかもしれないけど、海晴だって俺を安心させてくれてるよ。海晴は、電話のたびに、好き好き好き好き言ってくれてんだから、疑う俺がバカだった」

「…うっとうしい？」

海晴は不安になって、高村を見上げた。高村が海晴に優しいキスをくれる。

「すげー嬉しい。かわいいな、って思う。けど、俺は照れて、あんまり返してやれない。それでもいいのか？」

高村の手が、頬に降りてきた。

「好きとすらロクに言ってやれない男でも、いいのか？」

「有吾さんがいいの」

海晴は高村の手を離す。

「有吾さんしか、いやなの。だから、ぼくの体に欲情できるなら、いっぱい触って？」

「欲情ってのは、こういうことか？」

高村がウインクすると、海晴の手を取った。そのまま、下半身に手を当てさせられる。

そこは、もう熱くなっていた。

「それなら、今日、一日中してたぞ。海晴はちがうのか？」

「…ちがわない」

海晴のものも、さっきのキスで変化し始めている。

「好きな相手だから、セックスしたい。そういうことだ」

「うん、そういうことだよ」

海晴はぎゅっと高村にしがみついた。

「ぼくは、有吾さんだから抱いてほしいし、いろいろしてほしいんだよ？」

「いっぱい触ってほしいのか？」

高村は胸に置いていた手を、そっと横に滑らせる。まだピンク色をしたものに触れられて、海晴の体が、びくん、と跳ねた。

「ここが、ぷっくらとふくらむまでいじってほしいか？」

「やっ…有吾さんの…意地悪…」

そんなこと、恥ずかしくて答えられるわけないのに。

「言うまで、焦《じ》らすだけだぞ」

高村は意地悪そうに目を細めた。

そんなのただの脅《おど》し文句に決まってる。

海晴は言葉を出さないように、ぎゅっと唇を噛《か》みしめた。

だけど、その考えが甘かったことを思い知らされるまで、そんなに時間はかからなかった。


「あっ…やぁっ…」

海晴はほとんど力の入らない手で、高村の指を押しのけようとした。高村はそんな海晴を楽しそうに見ている。

「どうしたんだ、海晴？」

海晴はうらめしげに高村を見上げた。高村は動じない。

「海晴が気持ちよくなるまで、ここをいじってやらないとな」

そう言いながら、海晴の右の乳首をつまみ上げた。つん、としこった乳首を、上から下へ、そして、またその逆へ、指の腹で撫でられる。

「あぁっ…だめぇ…」

高村に乳首をいじられるたびに、体が、びくびくっ、と震えた。体の中を快感に似たものが駆け上がる。

ちがう。

これは、はっきりとした快感だ。

左の乳首に顔を寄せられて、海晴は逃げようとした。だけど、高村は許してくれない。何度も舐《な》められて濡《ぬ》れているそこを、高村はまた口に含んだ。舌でちろちろと乳頭をくすぐられる。

「いやぁっ…」

海晴は体をのけぞらせた。そのせいで突き出た乳首を、高村は執拗《しつよう》にいじり続ける。とがった部分を上から押さえつけられて。中にめりこみそうになったところを離されると、その反動で、ぷつん、と震えながら乳首が飛び出してきた。それを見て、高村は笑う。

「海晴の乳首、さっきよりもずいぶんふくらんでるな。ほら、こうやって指で弾《はじ》けるぐらいには大きくなってる」

高村は指で、ピン、と乳首を弾いた。今度は乳首が前後に揺れる。

「んっ…あっ…ああっ…」

気持ちよすぎて、どうしていいか分からない。海晴は訴えるように高村を見た。だけど、高村は知らん顔。

「だけど、まだ足りないみたいだな。吸い上げてやると、もう少し大きくなるか?」

高村は、ちゅうちゅう、と、まるで子供が母親のおっぱいを飲んでいるときのような音を立てて、海晴の乳首を吸った。舌で乳輪を舐められて、歯で根元を噛まれる。

「おねがっ…許してぇ…」

とうとう、海晴は懇願した。高村は一瞬だけ、指と唇の動きを止める。

「何を許すんだ？」

「もっ…そこっ…やぁっ…」

乳首はじんじんとしびれていた。これ以上されたら、どうにかなってしまう。

「いや？　なぜ？」

高村は指でゆっくりと乳首を回し始めた。たったそれだけのことで、海晴の先端から透明な液体がこぼれる。

さっきからずっと、海晴のものは快感の証《あかし》を流し続けていた。

「ど…しても…」

体中がしびれるぐらいに気持ちいいから。

そんなことが言えるはずがなくて。言葉を濁《にご》すと、高村はにやりと笑った。

「じゃあ、俺はどうしても海晴の乳首をいじりたい。だから、やめない」

舌で乳首を転がされて、そのまま上下に揺らされる。海晴のあえぎが大きくなった。

「あっ…やっ…ホントにっ…」

このままだと、イッちゃう。

乳首しかいじられてないのに。

それでも、イッてしまう。

いじられている乳首と、血液が急激に集まり出した海晴自身。

そのことしか、考えられない。

「ホントに、何だ?」

「意地悪っ…しないでぇ…」

海晴の目から、涙がこぼれた。高村はそれを空いている指でぬぐう。

「かわいいな」

高村は目を細めた。

「感じすぎて泣いてる海晴は、すごくすごくかわいい。素直に言ってくれたら、やめてやろう。意地を張り続けるなら、俺も同じことをするだけだ」

高村は乳首を舐めながら、海晴を見上げる。

「どっちがいい?」

ぎゅうっと強く乳首をつままれた。痛いはずなのに、真っ赤に熟《う》れた乳首は、ただ快感だけを海晴に伝える。

「このまま乳首だけをいじられてイクのと、俺の望む言葉を言うの、どっちがいい？　海晴が選べ」

海晴は唇を噛んで、目を閉じた。そうすると、ますます乳首を意識してしまう。乳輪ごと吸い上げられて、またそこが硬くなるのが分かった。

「…い」

出たのは、かすかな声。だけど、高村は動きを止めてくれる。海晴はそっと目を開けて、高村を見た。高村は優しく笑っている。

言ったら、喜んでくれる？

安心してくれる？

バカにしない？

いやらしい、って笑わない？

聞きたかったことの答えは、その表情に全部書いてあった。海晴は深呼吸をして、声を出す。

「気持ちいいっ…」

海晴ははっきりとそう言った。

「有吾さんに触られてるから、乳首、すごく気持ちいいっ…」

「ありがとう」

高村は本当に嬉しそうな表情になる。それを見ていたら、いままで意地を張っていたことがバカみたいに思えた。

好きな人とセックスをしているのだから、快感だけを与えたい。

それが、きっと、高村の考えていること。

好きな人とセックスをしているのだから、いやらしいとあきれられたくない。

それが、海晴の怖かったこと。

だけど、気持ちいい、という言葉で高村が安心するのなら、いくらだって言えばよかった。

「ホントにホントに、気持ちいいよ…?」

「分かってる」

高村はにやりと笑って、海晴を握り込んだ。

「言葉よりも何よりも、雄弁なものがここにあるしな」

「だったら…」

そこまで意地悪しなくても、と抗議しようとした海晴に、高村はちゅっと口づけた。

「海晴の口から、聞きたかった。ちゃんと、気持ちいい、って言ってほしかった。ただのわがままだ」

「…気持ちいい」

海晴は自分からキスをしながら、ささやく。

「すごくすごく、気持ちいいよ。有吾さんに乳首いじられるとね、体が勝手にびくびくってなって、頭の中が真っ白になる。だから、いっぱいいじって…」

海晴は高村に微笑みかけた。

「ぼくの体、全部、有吾さんのものだよ?」

でもね、と続けようとしたところをさえぎられる。

「やべー、すげーかわいい。さすがにこれ以上は、と思ったけど、予定変更。乳首でイカせてやるよ」

「…え?」

海晴はぱちぱちと目をまたたかせる。

高村は、いったい、何を言い出すの?

今日はもう、これぐらいで許して。

そう言おうと思ってたのに!

「さすがに、乳首だけでイクのは時間かかるだろうから、海晴も同時にかわいがってやる」

ちがう、ちがう、ちがう。

そういう問題じゃなくて！

これ以上、乳首をいじらないでって…。

「いやぁぁっ…」

また乳首に手が伸びて、唇ではさまれた。

「やっ…やだっ…やだぁ…」

声がどんどん甘くなっていくのが、自分でも分かる。

ずっと透明なものをこぼしていた海晴は、高村の愛撫に抵抗する手段を持たなかった。

乳首をいじられて、自身をこすられて。

海晴は叫びながら放った。

ものすごい快感だった。


「有吾さん、ひどいっ！」

海晴は高村に背を向けた。

「ごめん、ごめん」

高村はくすくすと笑いながら、謝る。

「海晴があまりにもかわいいもんだから、つい」

「つい、で、ぼくは一人でイカされちゃったの!?」

抱きしめてくる高村の腕を、海晴は振り払った。

「海晴、機嫌直《きげんなお》せ」

「やだ!」

こんなの、セックスじゃない。自分だけが気持ちよくされて終わりなんて、ひどすぎる。

一緒に気持ちよくなりたかったのに、ただ、高村に醜態《しゅうたい》を見せただけ。

払っても払っても抱きしめようとしてくる高村の腕に、海晴は思い切り噛みついた。

「痛いよ、海晴」

そう言いながらも、高村は腕を離そうとしない。しばらく噛み続けて、それから、海晴はあきらめた。このままだと、怪我《けが》をさせてしまうかもしれない。

唇を離したところを抱きしめられて、海晴は高村の腕をつねった。

「だから、痛いって」

「だって、有吾さんが悪いんだよ」

肩に顔を寄せてくる高村のほうを見もせずに、海晴はわめく。

「いやだ、って、あんなに言ったのに」

「やらしくて甘い、あえぎ声で？」

「もう、いい！　帰る！」

海晴は高村の腕から逃れようとした。だけど、高村は離してくれない。

「夜はまだまだこれからなのにか？」

「だって、もう終わったんでしょ。だから、帰る！」

「終わってないし、年明けを一緒に迎えてくれる約束はどうするんだ？」

「勝手に一人で迎えれば…え？」

海晴は高村を振り返った。高村はにっこりと笑う。

「ようやく、海晴がこっちを見てくれた。怒ってても、海晴はかわいいな」

赤くなりそうになった頬を、海晴は意思の力でどうにか抑えた。

こんなことで、ごまかされてなんかやるもんか！

「…終わってないの？」

だけど、それだけは知りたくて。海晴は小さな声で聞く。高村が肩をすくめた。

「たったあれだけで、五日間も焦らされた俺の欲望が収まるとでも思ったのか？　それとも、海晴はこれから先を拒否するつもりか?」

「ちがう…けど…」

海晴の声が、ますます小さくなる。

「じゃあ、一回イッただけで満足したから、俺には自分でやれ、って?」

「ちがうよ!」

海晴はぶんぶんと首を振って否定した。

「そうじゃなくて…あの…えっと…」

「なんだい?」

高村が優しく聞く。海晴はしばらくためらったあと、ようやく口を開いた。

「ぼくをさっさとイカせて、はい、おしまい、ってつもりなのかと…」

「そんなの、セックスじゃないだろう」

高村は苦笑する。

「俺は、海晴と一緒に気持ちよくなりたい。海晴はちがうのか?」

「ちがわない」

どうしよう、嬉しい。

高村も同じことを考えてくれていた。

でも、だったら、よけいに、どうして、と思う。どうして、自分だけを先にイカせたの？

「やっぱり、海晴は分かりやすい」

高村は海晴の頬を撫でると、くるり、と海晴の体を反転させた。向き合う格好になっても、もう海晴は抵抗しない。

「海晴をイカせたのは、海晴をこれ以上焦らすのはかわいそうだった、ってのと、一回イッとけば、緊張感もほぐれて、あんま痛い思いさせずにすむかもな、って思ったから。海晴だけイカせてそれで終わり、なんて、甘い甘い」

高村はにやりと笑った。

「こんなの、まだ序の口だ」

「まだ、してくれるの？」

海晴の口調が、自然に甘えたものになる。高村は、もちろん、とうなずいた。

「さっきよりも、もっと気持ちよくしてくれる？」

「それは、保証できないな」

高村は肩をすくめる。

「俺も、男とやるのは初めてだし。痛いかもしんねえ。それだと、いやか？」

「いやじゃない」

海晴は迷わずに答えた。

痛くてもいい。高村に抱いてほしい。

高村が与えてくれるなら、快感でも苦痛でも、どっちでもかまわない。

「あ、でもね」

海晴はいたずらっぽく高村を見上げた。

「ぼくだけイカされたのは不公平だと思うの」

「それは、気持ちよくなかったたってことか？」

「ちがうよ」

海晴は首をぶんぶんと振って否定する。

「そうじゃなくて、ぼくだけが気持ちよくなってたら申し訳ないでしょ？」

「ふーん、そういうことね」

「もう、有吾さんは！」

うんうん、とうなずいている高村を、海晴はにらんだ。

「勝手に、ぼくの考え、読まないでよ！」

「分かりやすい海晴が悪いんだろ。でも、ま」

高村は目を細める。

「それもいいな。海晴のそのかわいいお口でイカせてくれんのか?」

「…え?」

イクのを見られたお返しに、高村をイカせてあげればいい。

海晴が考えたのは、ただそれだけ。

お口? 何それ…。

そこまで考えて、海晴は真っ赤になった。

無理、無理、無理!

いやだ、とか、したくない、とかじゃなくて。

ただ単に、やり方が分からない。手なら、自分でもしてるし、感じるところもそんなに変わらないだろうからうまくできるだろうけど。

それは、絶対に無理!

ちらり、と高村を見たら、にこにこしながら海晴を見つめていた。

「して…ほしい…?」

ちがーう! そんなことを聞きたかったんじゃないのに!

「してくれるのか?」

「うまかったら、俺が妬《や》くぞ。初めてだって言ってたくせに、ホントは経験があるんじゃないか、ってな。だから、下手でいい。っていうか、下手なほうがいい。自分で仕込んでいく、ってのは、男の夢だしな」

なんで、する方向で話が進んでるのーっ⁉

いやって言うの！　無理って断るの！

だから、ちがうってば！

「絶対に下手《へた》だよ？」

「…エロオヤジ」

海晴はぼそりとつぶやいた。高村は余裕の表情だ。

「ああ、そうだ。その何が悪い？　それとも、あれか？海晴はずっと手も出さずにいる、品行方正《ひんこうほうせい》な相手がいいのか？」

「…そうじゃないけど」

そりゃ、海晴だって、いろいろしてほしい。うまく口でできるようになれるなら、教えてほしい。

だけど、教えることができるのは、してもらったことがあるから。

分かってる。

結婚していて、子供もいて、その前だって彼女ぐらいはいただろう。海晴が初めてのものなんて、何もない。

分かっているのに、胸が痛い。

自分は初めてなのに。

全部全部、高村が初めてなのに。

「結婚したことも、有也が生まれてくれたことも、俺は後悔してないぞ」

海晴の考えていることなんてすべてお見通しの高村は、静かな口調でそう言った。海晴はぶんぶんと首を振る。

ちがう。そういうことじゃない。

過去があって、いまの高村がいる。有也のことだって、すごくかわいいと思う。

もっと早く出会ってたら、とか、結婚しないでいてくれたら、とか、だれともつきあわないでいてくれたら、とか、そういうことじゃなくて。

ただ、胸が痛い。

「けど、すまん」

高村の声が、やわらかくなる。

「俺は海晴の過去にやきもちを妬かなくてすむ。海晴はそうじゃない。だから、どうしようもなかったこととはいえ、本当にすまない」

ぽろり、と涙がこぼれた。

ああ、そうか。そういうことか。

過去に嫉妬《しっと》しても仕方がないと思っていた。

高村は、離婚した奥さんになんの未練《みれん》もない、とはっきりと言っていたし、海晴のことを好きでいてくれてるのも知っている。

だから、関係ない、と。

過去なんて、どうでもいい、と。

そう思っていたのに、ちがってた。

「もし、だよ」

海晴は涙をぬぐうと、高村を見つめる。

「もし、ぼくに彼女でも彼氏でもいいけど、だれかがいて。その人といっぱいセックスしてたら、有吾さんは妬く？」

「すげー妬く」

高村はぎゅーっと強く海晴を抱きしめた。

「もし、なんだよな？　現実に、じゃねえよな？」

ちょっとだけ不安そうな声。海晴はくすりと笑う。

「じゃあ、ぼくに、彼女じゃなくて、彼氏がいたとするね。で、ぼくは、その人にいつも抱かれてて、体も開発されきって、有吾さんをリードできるぐらい経験豊富だったら?」

「抱くたびに、責める。おまえは、俺以外を知ってる。それを俺は許せない。この淫売《いんばい》、ってな」

「でも、するの?」

海晴は首をかしげた。高村は、はあ、とため息をつく。

「だって、俺は海晴のことが好きだし、抱きてえんだから、しょうがねえだろ。つーか、たとえ話なのに、本気でむかついてきた。やめ、やめ」

高村は顔をしかめた。海晴はいたずらっぽく笑う。

「たとえ話だったらいいよね」

「…あのな、海晴」

高村は海晴をじろりと見た。

「俺が年上だからって、我慢強いとか、包容力があるとか、そんなかんちがいしてんじゃねえだろうな? 悪いが、俺は、こと海晴に関しては、独占欲も強いし、嫉妬深い。この五日間、保育園に行っても顔見せてくんねえもんだから、浮気してんじゃないか、って疑ってたぐらいだ」

「だれと？」

海晴は首をかしげる。高村はしばらく悩んで。

「…園長先生？」

そうつぶやいた。海晴はぽかんと口を開けて、高村を見る。高村も海晴を見返して、それから、二人で同時に吹き出した。

「園長先生はないでしょ！」

「いや、だってさあ、ほかに男っていねえじゃん、あそこ」

「浮気相手が男だなんて、どうして決めるの？　ぼくはね、有吾さんを好きになる前は、普通に女の子が好きだったの。有吾さんに捨てられたら、泣いて泣いて泣いて、何年かたってようやくあきらめがついたころに、また女の子を好きになって、あったかい家庭を作るつもりなの。なのに、よりにもよって…」

海晴は笑い転げる。

「園長先生だって。有吾さん、ぼくと園長先生がこんなことしてるの、想像できる？　ぼくは無理。ぜーったいに無理」

「俺だって無理だよ」

高村は声を立てて笑うと、それから、こつん、と額を合わせた。

「あったかい家庭、作らせてやれなくてごめんな」

「何が？」

海晴はきょとんとする。

「これから一生、海晴を捨てるつもりはない。だから、海晴はずっと俺のもんだ。ほかのだれにもやらねえ」

「有吾さん…」

海晴はそのまま顔を寄せて、ちゅっと高村にキスをした。

「ありがと。すごく嬉しい」

「あったかい家庭はいらねえのか？」

「いらない。有吾さんがいればいい」

「有也を迎えに行ったとき、顔も見せなかったくせに？」

「だって、ばれるもん」

海晴は高村にしがみつく。

「有吾さんがそばにいたら、ぼく、はしゃいで、にこにこして、幸せそうな表情になって、きっと、みんなに気づかれちゃう」

「気づかれたら、恥ずかしいのか?」

「ちがうよ!」

海晴は慌《あわ》てて否定した。

「そうじゃなくて、規則違反なの。父兄とプライベートなつきあいをしちゃいけないことになってるから。恥ずかしい、とかじゃないよ。でもね、ほかの先生たちが有吾さんと楽しそうにしゃべってたら、その人はぼくのものだから触らないで! って叫んじゃいそうだし。そうなったら、ぼく、あそこ辞めなきゃならなくなっちゃう」

「なんだ」

高村がほっとしたように息を吐く。

「そういうことか。よかった、浮気されてたんじゃなくて」

「するわけないでしょ」

海晴はくすくすと笑いながら、高村を見上げた。

「ぼくは、ずっと有吾さんのことが好きだったんだよ? もしかしたら、クリスマスのことも夢だったのかもしれない、って思ってた。だから、ちゃんとこうやって二人きりで会えるまで」

本当に恋人になったのだと確信できるまで。

「顔を合わせないようにしてたの。でも、意外。有吾さんも、不安になったりするんだね」

「当たり前だろ」

高村はピンと海晴のおでこを弾く。

「痛いよ！」

「俺を不安にさせた罰《ばつ》。もしかしたら、海晴が後悔してんじゃねえかって思った。電話やメールだと、顔を合わせなくてもすむだろ？　だから、俺に会いたくねえんじゃねえかって」

恋をしているんだ。

海晴は幸せな気持ちで、そう思った。

自分たちは、おたがいに恋をしているんだ。

それは、とてもとても嬉しいこと。

「そういう不安をなくそうよ」

海晴はにこっと微笑んだ。

相手が欲しくて、どうにもならなくて。そのために、体をつなげて、快感をむさぼる。

だけど、セックスの意味はそれだけじゃない。

いろいろ考えなくていいように。ちゃんと、気持ちが伝わるように。

愛情を伝える役目も担ってくれるはず。

「そうだな」

高村は海晴にキスをした。

「海晴を抱けば、ちょっとは自信がつくかも。海晴は俺だけのものだ、ってな」

「有吾さんのものだよ」

海晴はささやく。

「セックスしなくても、全部、有吾さんのものだよ」

「それを、証明してくれるか？」

高村は海晴の手を、自身に導いた。さっきから、ずっと上を向いているそこを、海晴は手でゆっくりとこする。いやだなんて思わない。それどころか、もっともっと、触りたい。

「フェラって、好きじゃねえんだ、俺」

高村はぼそりとつぶやいた。海晴は、え？　と高村を見る。

「なんかさ、だれかの口に含んでもらう、ってのに抵抗があって。いままで、だれにもしてもらったことがない。けど、海晴にはしてほしい。このかわいい唇で」

高村は海晴の唇を指で撫でた。海晴の体が、ぴくん、と反応する。

高村に触られると、どこもかしこも感じてしまう。

「俺のものをくわえてほしい。海晴だけ。海晴が初めて」

海晴は高村の指を、口に含んだ。そのまま、舌でちろちろと愛撫する。

「…好き」

それだけで、分かってくれればいい。

どれだけ感動しているのか、理解してくれればいい。

「だれとも比べない。過去のことは覚えてない。俺には海晴だけだ。海晴が俺だけなように」

「…うん」

もう、いい。

その言葉だけでいい。

海晴は指を離すと、熱く脈打っている高村のものに顔を近づけた。舌でちろりと先端を舐めたら、ちょっと苦い味がする。高村の足が、びくん、と揺れた。

気持ちいい？

海晴は目だけで、そう聞く。

自分がさっき感じたのと同じぐらい、気持ちいい？

口を大きく開けて、高村のものをくわえようとした瞬間。

ゴーン。

大きな鐘の音が鳴った。除夜《じょや》の鐘《かね》。近くに神社でもあるのだろう。

「あー、年内に海晴とセックスするっていう俺の夢が…」

高村は悔《くや》しそうにつぶやいた。海晴はくすりと笑う。

「あと十五分ぐらいあるよ。する?」

「無理」

高村はきっぱりと言った。

「海晴を傷つけたくないから、慣らすのにそのくらいかかる。だったら、年内に海晴の口の中でイクって夢を実現させたい」

「分かった」

海晴はまた高村のものを口に含もうとして、それから、がばっと跳ね起きる。

「なんだよ、やっぱ、やりたく…」

高村も気づいたのだろう、深い深いため息をついた。

ぺたん、ずるっ、ぺたん、ずるっ。

この音は、毛布を引きずりながら有也が歩いている音。除夜の鐘の音で、起きてしまったにちがいない。

「しつこく乳首いじってねえで、さっさとやっときゃよかった」

「有吾さん、分かってないね。問題は、そんなことじゃないんだよ」

海晴は布団の中に、頭まで潜《もぐ》り込んだ。

「あとは、よろしく」

「は？　あーっ、てめっ！」

「パパ、みーっけ！」

高村が怒鳴るより早く、客間のドアが開く。海晴は布団の中で息を殺した。どうか、有也が気づきませんように！

「目が覚めたらパパがいないから、またかくれんぼしてるんだな、って思って、探しに来たの。どうして、パパ、このお部屋で寝てるの？」

「えーっとだな…」

高村が困ったような声で答える。

「あ、そうそう！　この部屋の大掃除をしてたんだ。今年の汚れは今年のうちに落とさないと、来年、健康に過ごせないからな」

「裸で？」

海晴は吹き出しそうになるのを、必死でこらえた。有也の疑問ももっともだ。

「もちろん！　ほら、ほこりが服につくだろう？」

「だったら、どうしてお布団かけてるの？」

高村の下半身だけは、どうにか布団に隠れている。海晴は手に爪を立てた。

どうしよう。笑いがこらえられない！

「あー、これは…」

高村の頭は、いまフル回転していることだろう。あ、そうだ！　クリスマスのお返しをしちゃえ！

海晴はちょっとしぼんできた高村のものを、手でつかんだ。高村が、うっ、とうめく。

「パパ？　どうしたの？」

「な…なんでもない…」

海晴はそのまま、高村をこすり始めた。さっきまで興奮していたせいか、すぐに硬さが戻ってくる。

「お布団はほこりがかかってもいいの？」

「いまはっ…布団の掃除をっ…」

海晴はためらいもせず、高村を口にくわえた。高村が硬直する。

「パパ？　パパってば！」

「あっ…有也っ…そのっ…」

ちろちろと先端を舌で舐めると、そこから液体があふれ出した。海晴はそれを舐めとる。苦いけど、いやじゃない。

高村のものだから、全然平気。

「パパ…もうちょっと掃除しなきゃいけなくて…」

「じゃあ、ぼくも手伝うよ！」

おそばを食べたあと、大掃除の疲れも手伝って、ことん、と有也は眠ってしまった。深い眠りだったのだろう、夜中に起きたというのに、元気いっぱいだ。

「いやっ…すぐに終わるからっ…いいっ…」

「パパ？　どうして、そんなにしかめっ面なの？」

海晴は吹き出しそうになるのを、どうにかこらえた。ここで笑ったら、確実に高村のものに歯を立ててしまう。

「いやっ…ちょっと、腹が…痛くてなっ…」

「さすってあげようか？　ぼくがおなか痛くなると、いつもパパがしてくれるでしょ？」

「治った！」

高村は元気そうにそう言った。

「有也の顔を見れたからかな。元気になったよ」

「ホントに？」

「パパがうそを言ったことがあったか？」

「ない！」

有也はきゃっきゃっと笑う。

「よかったね、パパ！」

「ああ、有也のおかげだ」

海晴は攻撃の手をゆるめずに、高村のものを半分ほど飲み込んだ。高村が、また、うっ、とうめく。

「あれ？　でも、パパ苦しそうだよ？」

「いや、今度ははらが減ってきたんだ。有也は？　おなか空いてないか？」

「うーんとね」

きっと、おなかに手を当てているのだろう。有也はよくそうやって、自分のおなかに聞いている。

「ちょっと空いてる。パパ、何か作ってくれる？」

「ああ、作るから、リビングで待ってなさい」

「はーい！」

有也は元気よく返事をすると、ドアをバタンと閉めて出て行った。足音が遠ざかるのを待って、高村が布団をめくる。

「海晴」

低い低い声。ようやく、海晴は高村を離した。

「よくやってくれたな」

「うん」

海晴はにっこりと笑う。

「これで、クリスマスのときのぼくの大変さが分かった？」

高村は憮然《ぶぜん》とした。

「…これは仕返しか」

「そういうこと」

「それなら、しょうがない。けど、この仕返しをするのは許されるんだよな？」

「どうして？」

海晴の眉間《みけん》に皺《しわ》が寄る。

「これで、おあいこでしょ？　おたがい、恨《うら》みっこなしでいいじゃない？」

「冗談」

高村は、ふん、と鼻を鳴らした。

「やられっぱなし、なんて、俺の性にあわん」

「だったら、ずっと続いちゃうよ！」

「海晴があきらめるまでな」

「そんなの…」

バタバタバタと走ってくる足音。

間に合わない！

海晴はどうにか二人の下半身に布団をかけた。ギリギリセーフで、ドアが開く。

「そういえば、パパ！　海晴先生が…」

有也はベッドの上に座っている海晴を見て、きょとん、とした。

「…いたね」

「うん、いたよ。ぼくもかくれんぼしてたのに、有也くん、パパしか見つけてくれなかったね。ぼくのこと、忘れてた？」

「…そうじゃないけど」

有也はもじもじと体を動かす。

「パパが裸でお掃除してるから、びっくりして忘れちゃった。あれ、でも、海晴先生も裸だね」

こらえきれずに、隣で高村が吹き出した。

「裸でかくれんぼしてたの？」

「ううん、かくれんぼしてたらパパに見つかって、お掃除、手伝わされてたの。だから、裸なんだよ」

「なーんだ」

有也は納得したように、うなずく。

「パパ、海晴先生に頼ってばかりじゃダメだよ。迷惑でしょ」

腰に手を当てて、めっ、と高村をしかる有也を、ぎゅっと抱きしめてあげたくなった。

…この状況じゃ、できないけど。

「海晴先生がいるんだったら、パパのおいしくないお料理食べなくてすむ！　海晴先生、一緒に行こ」

「あ、それいいな」

高村がにやりと笑う。

「海晴、悪いけど、有也連れてリビングに行ってくれねえ？」

海晴は布団に隠れている足で、高村を蹴った。

無理に決まってるでしょ！

「ごめんね、有也くん」

海晴は手を合わせて、有也に謝る。

「さっき、パパも言ってたけど、もうちょっとお掃除が残ってるんだ。終わったらすぐ行くから、いい子で待ってられるかな？」

「うん！　ぼく待ってる！」

有也は、えっへん、といばった。

「だから、海晴先生、おいしいもの作ってね」

「いいよ。有也くんの好きなもの作ってあげる。何がいいか、それも考えてて」

「わーい！」

有也はぴょんぴょんと飛び跳ねながら、廊下へ消える。海晴はベッドの上に散らばっている洋服をかき集めて、それをすばやく身に着けた。

「ぼく、先に行ってるから。有吾さんは、ゆっくり来ていいよ」

「分かった」

だけど、高村も、もう身支度《みじたく》はすんでいる。いつ、また、有也が現れるか分からないからだ。

「あーあ、今日もお預けか」

部屋を出ようとした海晴の耳に、そんな言葉が飛び込んできた。海晴が振り返ると、高村が心底残念そうな顔をしている。

「ねえ、有吾さん」

海晴は高村に近づいた。

「ぼくたちは、今日でお別れなの？　それとも、これから一生、ぼくの恋人でいてくれるの？」

「なに言ってんだ？」

高村は不審そうな顔をする。

「そんなの、ずっと恋人でいるに決まってるだろ」

「だったら、時間はたくさんあるよ」

海晴は高村にキスをした。

「今日じゃなくても、いつかできる。それとも、もう興味ない？」

海晴はいたずらっぽく笑う。

「今日じゃなきゃ、ぼくを抱いてくれない？」

「まさか」

高村は肩をすくめた。

「いつだって、俺は海晴を抱きてえよ」

「だったら、できるときにして」

もう一度、今度は舌を絡《から》めるキス。しばらく唇を重ねて、海晴はそれを離す。

「楽しみにしてるから」

「そんなかわいいこと言われたら、いますぐやりたくなんだろ」

「大人なんだから、我慢しなくちゃね」

最後に頰にキスをすると、海晴は手を振った。

「早く収まるといいね、それ」

高村のものは、まだ萎《な》えてない。高村はじろりと海晴をにらんだ。

「絶対に仕返しはするから」

「だから、おあいこでしょ」

「覚えとけ」

海晴の言葉を無視して、高村はにやりと笑った。もしかして、いたずらしないほうがよかったかも、と、ちょっと後悔が湧き起こる。

でも、高村のほうが先にしかけてきたのだ。仕返しする権利はある。
「海晴先生？」
有也の声が聞こえて、海晴は、はーい、と返事をすると、リビングに向かった。
「残念に思ってるのは、有吾さんだけじゃないよ？」
だれにも聞こえないように、こっそりと。
だけど、平気。
すぐに、つぎの機会がやってくる。
そのときこそは、と、海晴は思った。
ようやく、高村のものになれる。
海晴はそっと胸を押さえた。
そこは、まだ、ドキドキしていた。

2

「世の夫婦っていうのは、どうやって性生活を営んでるんですかねえ」

海晴《みはる》はぽそりと口に出してから、はっと我に返った。

ぼく、いま、なんて言った!?

「え、普通に夜でしょ」

日誌を書いていた同年輩の先生が、なんでもないことのように答える。それを、隣にいた先輩がつついた。

「ちがうわよ。海晴ちゃんが聞きたいのは、倦怠期《けんたいき》の夫婦についてでしょ？　さっき、岡《おか》田《だ》さんたちが、そんなこと話してたわよ」

岡田さん、というのは、園児の母親で、明るくてリーダーシップを取るタイプ。子供を迎えに来ては、いろんな母親と大きな声で世間話をしている。

「へえ、そうなんだ」

ちがうんだけど、でも、ごまかせればそれでいい。海晴はあいまいにうなずいた。

「海晴ちゃんは、そんなこと考える前に、結婚相手を見つけないとね」

からかうように言われて、海晴は、そうですね、と笑う。早く、この場を去ろう。じゃないと、おかしな方向に話を持っていかれかねない。

「そうそう。つきあった最初なんて、そんなこと考えてる暇もないぐらいなんだからさ。ああ、あのころが懐《なつ》かしいわ」

「つきあった最初なんて、覚えてるんですか？」

かなり年配の先輩をからかうように、若い先生が聞いた。先輩は、はあ、とため息をつく。

「覚えてないわね。最近、海晴ちゃんが言う、性生活とやらもご無沙汰《ぶさた》だし」

「子供生まれると、どうしても減りますよね」

海晴はぴたっと立ち止まった。

そうそう、それそれ！

子供がいる夫婦は、どうやってセックスしているの？

年が明けて、そろそろ一週間。お正月は、ほとんど高村《たかむら》の家で過ごしていたのに、一回もできなかった。しようとするたびに、有也《ゆうや》の邪魔《じゃま》が入るのだ。まるで、海晴と高村にセックスをさせまいとするかのように。

「そうなのよ。あと、子供って感づくでしょ？」

「感づきます。あれは、どうしてなんでしょうね」

先輩も、若い先生も、両方とも結婚して子供がいる。若い先生は、去年、子供を生んだばかりだ。

「分かんないわ。パパとママが、なんかとんでもないことをしようとしてる、って雰囲気が部屋に流れるのかしら」

彼女たちは、声を合わせて笑った。海晴はさりげなく、席に着く。

「そういうときって、どうするんですか？」

「後学《こうがく》のため？」

先輩が笑いながらそう言った。全然ちがうけど、そういうことにしておこう。

「まあ、そうです。いつ役に立つかは未定ですけど」

「海晴ちゃんは、男じゃないもんね」

そう言われても、もうむっとしたりしない。

見つけたから。

大事な人が、ちゃんといるから。

「まあ、でもさ、うちみたいにセックスレスになると関係ないけど、あんたんとこはどうなの？」

「最中にかぎって、泣き出したりしますよ」

若い先生は、ふふっと笑った。

「あやしたあと再開することもあれば、そのまま萎えちゃうこともあります。でも、まだ、何やってるか分からない時期だからいいですけど、知ったあとに見られたら、って思うと、ちょっと怖いですね」

「見られたわよ」

先輩が、ぼそり、とつぶやく。海晴は、えっ、と小さく声を上げた。

「旦那《だんな》がのしかかってるところに、急にドアが開いたの。子供は寝ぼけてたからよかったけど、でも、ホントは記憶があるのに忘れたふりしてるだけかもしれないわよね」

「聞けないですしね」

「聞けないわよ」

先輩は豪快《ごうかい》に笑う。

「あんた、お母さんたちがしてるとこ見た？　なんて。答えがどっちでも、フォローのしようがないじゃない？」

「ないですね」

若い先生は肩をすくめた。

「とりあえず、するときはドアに鍵をかける、と。そのぐらいですかね、見られないための防衛手段は」

「でもね、そういうときにかぎって、おしっこ！　とか声かけてくるのよ」

そうそうそうそう！

海晴はうなずきそうになるのを、必死でこらえる。

この前は、そうだった。有也が寝たのをたしかめて、しばらくお茶を飲んだりして過ごして。さあ、というときに、おしっこ、という寝ぼけ声。そのあと、有也は、パパ、一緒に寝て、とせがんだ。

高村は、いつもは寝たら朝まで起きないのになあ、と不思議がっていた。

あの日は、高村と海晴の雰囲気がおかしなことに感づいていたにちがいない。

「そういえば、だれか見られたって言ってましたよ」

「父兄で？」

「たしか、そうです。で、どうしたんですか？　って興味津々《きょうみしんしん》で聞いたら、旦那がその場で腕立てふせを始めた、って」

海晴と先輩が、同時に吹き出した。

「そんなことで、ごまかせる？」

「さあ、どうでしょうね。旦那さんも、気が動転してたんじゃないですか？」

「動転もするわよ。あたしは、ああ、人生終わった、って思ったものよ。あのころは、まだかわいげがあったのね、あたしも」

「いまは、かけらもないですけどね」

「うるさいわね！」

いつもの調子に戻った二人を置いて、今度こそ海晴は職員室を出る。廊下を歩きながら、ため息がこぼれた。

セックスだけをしたいわけじゃない。

高村と有也と三人で過ごす時間はすごく楽しいし、ずっと笑ってばかりいる。有也は、海晴が帰るときには、おっきな目に涙をいっぱいためて、また来てくれる？　と聞いてくる。そんな有也が愛しくて。抱きしめて、頭を撫でたあとで、絶対に来るよ、と約束するのだ。

邪魔だ、なんて思ったことはない。

有也がいてくれたから出会えたし、高村の息子ということをのぞいても、本当にかわいい。

だけど。

海晴の唇から、またため息が漏れた。

高村に抱かれたい、と思うのは、まちがっているのだろうか。

有也が大きくなるまで。せめて、就学年齢になって、学校行事で泊まりに行けるほど成長するまで。

高村とセックスするのを我慢しなきゃならないんだろうか。

有也の目を盗むようにキスをして。座っているときは、そっと手をつないで。帰りに送ってもらいながら、人気のない道でようやく長い時間をかけて、おたがいの唇をむさぼりあう。

それで十分だと納得するのが当たり前なのだろうか。

一緒に暮らしていれば、できるのかもしれない。だけど、有也は海晴が来ると喜んで、いつもより長く起きている。一緒にお風呂に入って、寝かしつけたころには、海晴も帰らなければならない時間。

客間にこもっていられたのも、大みそかが最初で最後だ。

「あ、海晴、ちょうどいいところに」

うつむいて歩いていたのがいけなかったらしい。逃げようとしたときには、もう遅かった。姉であり、そして保育園では先輩でもある、愛美《まなみ》に腕をつかまれて、海晴は引きつった笑顔になる。

「どうしたの、愛美ちゃん？　ぼく、もう帰る時間なんだけど」

「よかったわ、帰る前で。はい、このお知らせ作って」

ぴらり、と一枚の紙を渡された。やっぱり、と海晴は、心の中でため息をつく。

雑用を押しつけられるのは、いつものことだ。

「あら、そんな顔していいの？」

愛美は海晴の持っていた紙を、指でつついた。

「よく読めば？　そしたら、あたしに感謝するわよ」

そんなことあるわけないでしょ。

だけど、口には出さない。言ったところで、何倍にもなって返ってくるだけだ。

「父兄用？」

それでも、一応、海晴は紙に目を落とした。どうせ、何かを持ってきてください、とかのお知らせだろう。

「そう、父兄用」

「てことは、パソコンで作ってもいいんだよね？」

「任せるわ」

「分かっ…あーっ！」

海晴は思わず大声を上げた。愛美がわざとらしく耳をふさぐ。

「遅いわよ。せっかく、人が待っててやってるのに」

「ままま、愛美ちゃん、これ…」

「そう、年明け恒例《こうれい》、お泊まり会。お正月にずっと子供の面倒を見てて、心身ともに疲れただろうお母様たち救済企画よ」

そうだ、こんなものがあったんだ！

でも…。

「ぼくは、担当？」

「冗談でしょ」

愛美は鼻で笑った。

「何かあったら大変なのに、だれがぺーぺーに担当させるものですか。あんたは、準備係。担当はベテランばっかかよ」

「愛美ちゃん、ありがとう！」

海晴は愛美の手を取って、ぶんぶんと握手をする。愛美が意地悪そうに笑った。

「どうして、そんなに嬉しいのかしら？」

まるで歌うように、節をつけて。そこで、海晴はようやく気づいた。

高村とのこと、愛美には疑われてるだけで、まだばれてなかったんだ！

いや、きっともう、愛美は確信しているんだろうけど、海晴が否定し続けてる。だけど、こんなことで喜んでたら、認めたも同然じゃないか。

「あ、ぼく、お知らせ作らなきゃ…」

「子供を預けただれかさんと、一緒に夜を過ごすからなのかも〜」

聞こえない、聞こえない。

なーんにも、聞こえない。

「高村さんによろしくね」

背を向けた海晴に、愛美は声をかけた。海晴は返事をしない。

だけど、自然に頬がゆるんでいた。

お泊まり会は、一月の最終週。あと三週間だ。

その日は、高村と二人きりで甘い時間を過ごせる。

海晴は思わず、手に持っていた紙を抱きしめた。

ただただ、幸せだった。

「お先に失礼します」

海晴は帰り支度を終えて、保育園を出た。待ち合わせは、高村の家の近くの喫茶店。高村の家は、駅とは反対方向にある。職員は、ほとんどみんな電車で通勤しているので、そこなら同僚に見つからなくてすむだろう。

海晴と高村が一緒にいるところを見られても、恋人同士だとはだれも思うまい。男手一つで有也を育てている高村が、ほかの女子職員には相談しにくいことを海晴に打ち明けているんだろうな、と、見過ごしてもらえる可能性大だ。

だけど、用心するにこしたことはない。

海晴は喫茶店に入ると、コーヒーを注文した。飲み物にうるさい高村のお気に入りの喫茶店だけあって、ここのコーヒーはおいしい。

海晴はしばらくぼーっとしたあと、カバンの中から本を取り出した。最近は、高村の影響で本を読むようになっている。海晴のお気に入りは、薄くてさらっと読めるエッセイ。そのうち、高村のおすすめの厚い本にも挑戦したいけれど、まだ敷居《しきい》が高い。

コーヒー豆を挽《ひ》く、いい香りがただよってきた。海晴はそれを深く吸い込んで、にっこりと笑う。

日常の幸せとは、こういうものかもしれない。

大好きな人を待ちながら、本を読んで、おいしいコーヒーを飲む。

それ以上を望むのは、欲張りだろうか。

カラン、とドアベルの音がした。海晴が顔を上げると、いつものとおりスーツ姿の高村と、さっきまで保育園で一緒だった有也が立っている。

うん、やっぱり、これが幸せ。

「有吾《ゆうご》さん」

海晴は片手を挙げた。いつの間にか、有也の前でも、自然に高村を名前で呼ぶようになっていた。有也はそれに気づいているのか、いないのか。

「悪い、待たせた」

コーヒー、と注文すると、高村は海晴の前の席に座った。有也は、海晴の隣によじ登る。

「海晴先生、なに読んでるの？」

有也は海晴の本をのぞき込んだ。海晴は有也に中を見せる。

「エッセイって言ってね、この人が日々、どんな生活を送っているのか、とかが書いてあるんだよ」

「ふーん」

有也は首をかしげた。

「昨日、パパがカップ焼きそばのソースを先に入れて、そのあとお湯をじょぼじょぼと注いでしまいました、とか、そんなこと？」

「ったく、おまえはよけいなことばかり」

高村が顔をしかめた。

「あれだけ、海晴には言うな、って念を押したのに」

「海晴先生には言いつけてないよ」

有也が、ふふん、といばる。

「いまのは質問しただけだもん。ね、海晴先生」

「ね、有也くん」

海晴は有也の頭を撫でると、有也がくすぐったそうに首をすくめた。

「悪知恵《わるぢえ》だけは、一人前なんだから。ま、いいや。つまりは、そういうことだ」

高村は海晴を見る。

「最近は、海晴が料理を作り置きしてくれてるから、冷蔵庫を開ける回数も減っててさ。海晴の料理のストックが切れたのは分かってたんだけど、冷蔵庫に何もないとは思わなくて、開けてびっくり。すっからかんなのな」

「そうだよ」

海晴は笑う。

「だって、有吾さん、忙しいでしょ。だから、絶対に料理しないだろう、と思って、きれいに使い切るようにしてるの。腐《くさ》らせるの、もったいないし。でも、二日ぐらいじゃなくらないように、十分な量を作ってたはずなんだけど」

あまりにも料理の基礎を知らない高村に、せめて簡単な料理ぐらい作れるように教え込もうとして、海晴は早々にあきらめた。週に二日の休みの日は、欠かさず高村の家に行く。そのときは海晴が食事を作るので問題ない。本人も料理を作るのが向いてないと実感したのだろう。海晴が来れないときは適当にスーパーでおかずを買ってすます、と言う高村に、それならいっそ、と思いついたのが、作り置き。有也がお昼寝、高村が本を読んだり仕事をしている間に、簡単なものをぱぱっと作って、それを小分けにして冷凍しておく。あとは、それを取り出して、レンジで温めれば、できあがり。

高村家では、朝食はパン。お昼は有也が保育園の給食、高村は社食か外食。なので、夕食のおかずさえあればいい。

海晴の休みは、保育園が休園となる日曜日が固定で、あと平日が一日。だけど、新米の海晴が連休など取れるはずもなくて、だいたい、水曜か木曜に休むようになっている。なので、必要なのは最大で三日分。予備分も含めて、いつも五日分はストックがあるように作ってあった。

「まあ、あれだ」

高村はそっぽを向く。

「夜中にはら減ったときとかにも食べてたからなあ」

高村の声が小さい。いくら鈍い海晴でも、これは分かる。

高村はうそをついているのだ。

「なんで…」

そこまで言って、海晴ははっと気づいた。

もしかして、こないだ作ったのがおいしくなかったとか？　だから、こっそり捨てて、インスタント食品ですませようとしたの？

だけど、そんな不安は有也の言葉で吹き飛んだ。

「パパ、ずるいの」

有也は唇をとがらせる。

「まずいメシは食いたくねえ、とかで、海晴先生がせっかく作ってくれたおいしいおかず、お弁当にして持ってくんだよ。ぼくは、保育園で海晴先生が作ったんじゃない給食を食べてるのに」

有也は海晴の手をぎゅっと握った。

「ね、パパ、ひどいでしょ？　海晴先生がぼくのために作ってくれたのも、勝手に持っていっちゃうんだよ。だから、海晴先生」

有也は真剣な表情になる。

「ぼく、今日、お好み焼きがいいな」

「おまえの話のつながりが分からん」

高村は窓の外を見たままだ。だけど、その頬がかすかに赤いのは、きっと、海晴の気のせいじゃない。

「パパはぼくのおかずを取ったんだから、パパの食べたいものじゃなくて、ぼくの食べたいものを作ってもらうの。いいでしょ、海晴先生？」

「そうだね」

海晴はいたずらっぽく笑った。

「有也くんのために作ったのに、それを勝手に食べちゃうパパは、お好み焼きもなしってのはどう？」

高村が、ぱっと海晴のほうを向く。海晴はにこっと微笑んで、有也に聞こえないように唇だけを動かした。

大好き。

それだけで、高村がほっとしたのが分かる。もしかしたら怒られるのかもしれない。そう思っていたのだろうか。

怒るわけがないのに。

そこまで気に入ってくれるなんて、すごくすごく嬉しいのに。

「ダメだよ！」

有也はぶんぶんと首を振って、叫んだ。

「パパも悪気があったわけじゃないんだよ？　好きで、ぼくのおかずを盗んだわけじゃないの！　ぼくの給食はおいしいでしょ？」

「そうだね」

給食のおいしさも、ひまわり保育園が人気のある一因だ。子供が好きなおかずを、栄養のこともちゃんと考えながら、栄養士さんたちが作ってくれている。

「でもね、パパの食べてるお昼は、ホントにおいしくないの。一回、持って帰ってきてくれたことがあるんだけど、パパが作ったのよりおいしくなかった！　ぼく、パパにココロノソコカラドウジョウしちゃった」

「まーた、とんでもない言葉を覚えてきやがって」

高村が苦笑した。

「意味分かって言ってるのか？」

「分かってるよ。失礼だね、パパは」

有也はべーっと舌を出す。

「じゃあ、どういうことだ？」

「んとね、ここが、きゅっ、ってなるぐらい、かわいそうなこと」

ここ、と同時に、有也は胸を押さえた。海晴は思わず吹き出す。きっと、どこかのだれかが広めたのだろう。

「だから、パパにもお好み焼きを作ってあげて！　具はなくてもいいから！」

とうとう、高村まで笑い出した。海晴は笑い転げている。

「具がないお好み焼きなんて、ただの焼いた小麦粉じゃねえかよ」

「えー、パパ、ぜいたくだね。ぼくのおかずを取ったうえに、お好み焼きの具まで欲しいの？　じゃあ、キャベツだけならいいよ」

「おまえが決めるなよ！」

「お待たせしました」

そこに、コーヒーが二つと、小さなアイスクリーム。マスターの肩が震えているのは、きっと、笑いをこらえているからだろう。

「はい、有也くん、これ、私からのプレゼント。これに免じて、パパにもちゃんとしたお好み焼きを食べさせてあげてくれないかい？」

「うん！」

有也はあっさりとうなずいた。あまりの現金さに、海晴の笑いは止まらない。

「ぼくね、アイスクリームだーい好き！」

にこにことスプーンを手に取る有也は、さっきまでの会話なんてすっかり忘れたようだ。ウエハースをかじりながら、アイスを一口食べる。

「しみじみするね～」

「だから、おまえは、そういう言葉をどこで覚えてくるんだっての。ついでに、使い方、まちがってるぞ」

「うるさいよ、パパ。ぼくはしみじみしてるんだから、ほっといて」

「あー、もう、勝手にしみじみしとけ」

ようやく笑いの収まった海晴は、コーヒーに口をつけた。ふわり、と、いい香りが鼻腔《びこう》をくすぐる。

「で、どうしたんだ?」

高村は海晴を見た。

「休みじゃない日にうちに来るなんて、めずらしくねえ?」

今日は、お泊まり会のお知らせが配られる日。だから、昨日の夜、明日会える? と電話をかけたのだ。

それを見たときの、高村の反応を知りたくて。

「お好み焼きを食べてからのお楽しみ」

海晴はにっこりと笑う。

「なんか、こえー」

高村はつぶやいた。

「とんでもないことたくらんでる、とかじゃねえよな？」

「ちがうよ。心配しないで」

そうじゃなくて、もっとちがうこと。

お泊まり会のこと、どう思う？

喜んでくれる？

初めて、二人きりで過ごせる夜を、自分みたいに楽しみにしてくれる？

それとも、有也がいなくて寂しい、と思う?

ただ、知りたい。

高村の気持ちを知りたい。

気持ちは通じ合っていて、おたがいにセックスをしたくて。でも、できてない現状をどう思っているのか、それが知りたい。

高村はしばらく海晴を見つめると、肩をすくめた。

「ま、楽しみにしとくよ」

「うん」

海晴はうなずいて、コーヒーを飲んだ。砂糖を入れてないのに、それは甘かった。

「まだ?」

「まだ」

さっきから、有也と海晴は同じ会話を繰り返している。有也は、うーっ、と目の前の鉄板をにらみつけた。

「だって、もう、いい匂いがしてるよ?」

「あのね、有也くん」

海晴は優しい声で言う。

「ぼくは、お好み焼きのプロなの。そのぼくが、まだ、って言ってるんだから、ダメ」

「つーかさ」

高村がビールを飲みながら、ヘラを回した。

「上からぎゅーっと押さえなくていいのか？」

「あー、それ、素人が陥《おちい》りやすいワナなんだよね」

海晴はいばって答える。

「押さえたりしたら、せっかくのお好み焼きが固くなっちゃう。ふわふわして、だけどしっかり焼けてるお好み焼きのほうがいいでしょ？」

「俺が若いころは、みんな、ぎゅーぎゅー押してたけどな」

おつまみに、海晴が作った浅漬けを口に放り込んで、高村は言った。海晴は肩をすくめる。

「それは、かわいそうに。あ、もうそろそろいいかも」

海晴はふっくらとふくらんだお好み焼きを引っくり返した。裏側はきれいなきつね色だ。

「うまそー」

「おいしそーっ！」

高村と有也が、同時に言葉を出す。海晴は満足げにうなずいた。

「ね、ぼくの言ったとおりでしょ」

「でも、海晴先生、これ、まだ半分しか焼けてないんだよね？」

「そうだよ」

「ぼく、おなかぺこぺこだよ」

有也はおなかを押さえる。海晴は有也を膝《ひざ》の上に乗せた。

「じゃあ、有也くんだけ、ごはんとおつけものですませる？」

「だめーっ！」

有也はぶんぶんと首を振った。

「ぼくがお好み焼きって言ったんだから、ぼくが食べるの！　おつけものとごはんは、パパにあげて。パパが食べるから」

「俺は有也とちがって、おとなしく待ってるからいいんだよ。海晴、有也のぶんを、二人で分けようか？」

「だめだってば！　パパはお好み焼きまでとっちゃうの？　そういうの、ヨウジギャクタイって言うんだよ！」

「言わないよ」

海晴はきつくならないように、だけど、きっぱりとした口調で否定する。

「あのね、有也くん。幼児虐待《ぎゃくたい》っていうのは、パパが有也くんにごはんを食べさせてあげなかったり、たたいたり、蹴ったり、無視したり、怪我させても平気だったり、そういうときに使う言葉なの。パパは、そんなことする？」

「…しない」

有也はうつむいた。

「パパ、優しいよ？」

「でしょ。だったら、そういうこと言っちゃだめ。パパはね、だれよりも有也くんのことを好きでいてくれてるんだから。分かった？」

「分かった」

有也はこくんとうなずくと、高村を見る。

「パパはヨウジギャクタイなんてしてない。ごめんなさい」

「おわびに、有也のお好み焼き半分くれるか？」

高村はウインクした。有也は、ぶんぶん、と首を振る。

「ヨウジギャクタイはしてないけど、パパ、意地悪だよね？　これは、言ってもいいんでしょ？」

有也は海晴を見上げた。海晴は大きくうなずく。

「それは、いくらでも言っていいよ。だって、パパ、意地悪だよね？」

「うん、意地悪。すごくひどいの。ぼくが大事に残しておいたハンバーグを、お弁当に持ってっちゃったんだよ！」

「それは、パパがいけないよね。パパのお好み焼き、半分もらっちゃおうか？」

「うん、もらおう、もらおう！　海晴先生が半分で、ぼくが半分」

「おい、そこ、タッグを組むな」

高村が憮然とした。

「それに、おまえらが半分ずつ取ったら、俺のお好み焼きはなくなるじゃねえか」

「ただの冗談なのに、パパ怒ってるよ。怖いね」

海晴は笑いながら、有也にささやく。

「いつも、こうなの？」

「ううん、いつもは優しいよ」

有也は首を振った。

「怖いときもあるけど、でも、そういうときはぼくが悪いの。だから、パパは怖くない。

意地悪だけど、怖くないよ」

海晴は有也をぎゅっと抱きしめる。

ねえ、有吾さん。

心の中で、そう呼びかけた。

有也くん、すごくいい子に育ってるね。それは全部、有吾さんが愛情を持って、しっかりとほめたり叱ったりしてるからだよ。

「海晴先生、どうしたの？　寒い？」

「ううん、ちがう」

海晴はほっぺたをくっつける。

「ぼくもおなかすいたから、お好み焼きの代わりに有也くんを食べちゃおうかな」

「お好み焼きのほうがおいしいよ？」

有也はちょっとだけ、海晴から体を離した。

「ぼく、おいしくないよ？」

「分かんないよ。おいしいかもしれないでしょ。だれか、有也くんを食べたことがある？」

「ないよ！　ないけど！」

海晴はくすくすと笑って、有也の頬をつつく。

「うそだよ。冗談。それに、ほら」

海晴が目の前のお好み焼きを指さすと、有也は、わあっ、と歓声を上げた。

「パパが作ったときみたいに、ぺったんこじゃない！」

「ね、きれいにふくらんでるでしょ。もう焼けてるよ」

最後にもう一度引っくり返すと、海晴はホットプレートを保温にして、三枚のお好み焼きにソースを塗った。

「マヨネーズがいる人は？」

「はーい！」

有也が元気に手を上げる。

「じゃあ、有也くんのだけマヨネーズ塗って、かつおぶしと青のりかけて。はい、完成」

「わーい、わーい！」

有也が海晴の膝の上で、ぴょんぴょんと跳ねた。海晴は有也のお好み焼きを小さく切って、ふーふーと冷ます。

「大丈夫かな？」

海晴は、はい、と有也のお皿の上にお好み焼きを置いた。有也が、いただきまーす、と手を合わせる。

「自分でも、ふーふーするんだよ」

「うん！」

有也は小さな口でしっかりと冷ますと、あむっ、とお好み焼きを頬張《ほおば》った。

「おいしい！」

有也はバンザイをする。

「すごくすごくおいしい！　ふわふわだ！」

「有吾さんも、食べて食べて」

海晴は高村のお好み焼きを、四つに割った。高村がはしを伸ばしかけて。

「俺のもふーふーしてくんね？」

いたずらっこのような表情でそう言う。きっと断られるんだろう、と思っている高村を驚かせたくて。

「もー、子供が二人いると大変なんだから」

四分の一をヘラに乗せると、それを冷ました。

「はい、火傷《やけど》しないように気をつけてね」

「…頼むんじゃなかった」

高村はぐいっとビールをあおると、海晴の耳元に顔を寄せて。

かわいく唇をとがらせてるの見たら、いますぐキスしたくなったじゃねえか。

そうささやいた。

海晴は真っ赤になって。だけど、高村の手をぎゅっと握る。

あとで、いっぱいキスしてね。

そんな思いが伝わればいいな、と思いながら。


「焼き方であんなに変わるとはな」

片づけを手伝ってくれながら、高村は感心したようにつぶやいた。海晴はにっこりと笑う。

「ね、全然ちがうでしょ」

押さえつけたら、中の空気が抜けてしまう。ふわふわの食感は、空気のおかげだ。

「ああ、すげーうまかった。つーか、こうやってうまいもんばっか食ってるから、社食が食えなくなるんだよな」

海晴は、こつん、と高村に頭を寄せた。

「ありがと」

「何が？　俺はまた、てっきり怒られるもんだと思ってたのに」

「怒らないよ」

海晴は高村の温《ぬく》もりを感じながら、微笑む。

「あんまりインスタントを有也くんに食べさせてほしくはないけど、時間がないときはしょうがないし、子供ってそういうの好きなんだよね。だから、たまにはいいと思う。あと、お弁当にまでぼくが作ったもの持っていってくれて、すごく嬉しかった」

海晴は高村を見上げた。

「ぼくは、有吾さんの役に立ててる？」

「海晴がいなきゃ、俺の生活は成り立たないぐらいにな」

高村は笑うと、顔を近づけてきた。唇が触れそうになった瞬間。

「パパ、お風呂ーっ！」

有也がダッシュでやってきて、高村に抱きつく。高村は苦笑すると、有也の頭を撫でた。

「分かった、分かった。一緒に入ろうな」

「うん！　海晴先生も一緒に入ろ！」

「ああ、それいいな」

高村は目を細める。

「海晴、明日休みだろ？　だったら、泊まってけばいいじゃねえか」

そうしたら、いろいろできるし。

きっと、続きはそう。だけど、海晴は首を振った。

「今日は帰る」

高村が、明らかにがっかりした表情になる。

こんなチャンスはめったにないんだぜ？　という声が、聞こえてくるようだ。

そんなことないよ。

ちゃんと、その日は来るよ。

無理しなくても大丈夫なときが。

「でも、帰る前に、いいこと教えてあげるね。今日、お知らせもらったでしょ？」

「ああ、そういえば」

高村はうなずいた。

「まだ見てないが」

「いますぐ、見てみて」

高村はいぶかりながらも、書類カバンから二つに折りたたんだ紙を取り出す。

「これの何が…」

高村の言葉が、そこで止まった。何度も何度も、同じところを読んでいる。

よかった、と海晴は思った。

高村も、同じ気持ちでいてくれたんだ。

それを信じられない幸運だと思ってくれたんだ。

「年長さんだけ、お泊まり会があるんだよ。もし、有也くんを参加させたければ…」

「ハンコ！　ハンコ押して、明日持ってかなきゃ…」

「有吾さん、落ち着いて」

海晴は高村の背中を撫でる。

「締め切りは、今週いっぱいまでだから」

「でも、俺、忘れるかもしんねえし」

「忘れる？」

海晴はいたずらっぽく笑った。

「ぼくは絶対に忘れないよ。でも、有吾さんは忘れるの？」

「そうだな。忘れるわけねえか」

ようやく、高村は笑った。さっきから、きょとんとした顔で二人を交互に見ていた有也が、ようやく口をはさむ。

「パパ、お風呂は？」

「ああ、入る、入る。けど、その前に、海晴送ってってもいいか？」

「えー、海晴先生、帰っちゃうの？」

有也は、ぶーっと唇をとがらせた。

「前みたいに、シャンプーしてほしかったのに」

「パパじゃ、不満か？」

「だって、パパ、ごしごしするだけだもん。海晴先生はね、くねくねしてくれるの」

「すまん、有也」

高村は首をかしげる。

「その表現は、パパの理解力の限界を超えてる。くねくねって、なんだ？」

「くねくねは、くねくねなの。すっごく気持ちいいんだよ。パパもしてもらえば？」

「ああ、そうだな」

高村は海晴を見て、にやりと笑った。

「パパも海晴に、すっごい気持ちいいことしてもらおう」

海晴はかーっと赤くなった顔を見せたくなくて、また洗い物を始める。高村が海晴の後ろに立った。

「な、海晴？」

「…知らない」

海晴はつぶやく。

「してくれんだろ？」

「…知らないってば」

「海晴？」

優しい声でささやかれて、とうとう、海晴は折れた。

「…その日にね」

「よーし、有也、パパとお風呂入るか！」

「海晴先生を送らなくていいの？」

有也が首をかしげる。高村は、いいんだ、と一言答えた。

「いま送ってったら、我慢できなそうだから」

それは、海晴だけに聞こえるように。

「海晴に、バイバイしろ」

「海晴先生、バイバーイ！　つぎは、いつ来てくれるの？」

「明日だよ。明日は、有也くんのだーい好きなハンバーガー作ってあげるからね」

ハンバーグからきちんと作るハンバーガーは、市販のものと比べ物にならないぐらいおいしい。有也は、バンザーイ、と飛び跳ねた。

「ハンバーガー！　ハンバーガー！」

「有也、先に風呂行って、洋服脱いでなさい。できるよな？」

「うん、できる！」

ハンバーガーの声を響かせながら、有也は浴室へ向かう。その姿を確かめて、高村は海晴を後ろから抱きしめた。

「かわいい息子がいなくなるってのに、寂《さび》しさよりも嬉しさのほうが勝るのは、悪い親だと思うか？」

「かわいい園児がいなくなって、大好きな人と二人きりでいられるのを喜ぶのは、保育士失格かな？」

二人は顔を見合わせて、くすりと笑う。

「一晩ぐらい、ただの恋人になってもいいか」

「うん、それぐらい許してもらえるよ」

海晴は洗い物を終えると、高村のほうを向いた。

「…大好き」

もっと、いろんなことを言いたかったけど。それは、すべて、高村の唇の中に吸い込まれた。

有也が、パパ早く！　と呼びかけるまで、ただ、ずっと、キスをしていた。

3

「乾杯《かんぱい》」

海晴《みはる》と高村《たかむら》は、カチン、とグラスを合わせた。あまりお酒が得意でない海晴も、今日ばかりは高村につきあう。ただし、ビール一杯だけ。

ぐいっと飲み干すと、渇いたのどを苦味を持った炭酸が通過した。海晴は、ふうっ、と息を吐く。

「あー、おいしい」

「お、海晴もとうとう、酒の味が分かるようになってきたか?」

高村は一気にグラスを空けて、二杯目をついだ。海晴は、ううん、と首を振る。

「ビールの一杯目だけは好きなの。あとは、ずっとウーロン茶とか飲んでるけどね。でも、いまは、のども渇いてたし、有吾《ゆうご》さんがここにいてくれるし、格別」

海晴がにこっと微笑んだら、高村が海晴の頬を撫でた。そのまま引き寄せられて、キスをされる。

「このまま押し倒してえな」

つぶやく高村を、海晴はなだめた。

「有吾さんのために、たくさんお料理作ったのに？」

いつもは有也《ゆうや》の食べたいものを優先するので、子供向けメニューが多くなる。だから、というわけじゃないけれど、今日は張り切って、おつまみになりそうなものを作ってみた。テーブルの上には、ずらりとお皿が並んでいる。

ホタテのカルパッチョ、ジャガイモとソーセージのオーブン焼き、まぐろのぶつ切りとアボカドのしょうゆ和え、高村からのリクエストの白和《しらあ》え、バンバンジー、キュウリの甘酢づけ、などなど、和洋中とりそろえて。もちろん、ごはんのおかずにもなる。

「そうだよな。せっかく、海晴がうまいもん作ってくれたんだから、さっそく食うか」

高村は微笑むと、まずは白和えにはしを伸ばした。しばらく目を閉じて、それから、うまい、とつぶやく。

それが、本当に感動しているようで、海晴は嬉しくなった。

「ホントに？　おいしい？」

「ああ、すげーうめえ。昔さ、母親の実家に行くと、ばあちゃんが白和えをよく作ってくれて。けど、子供って、こんなの好きじゃねえじゃん」

「そうだね」

あっさりした和食の本当のおいしさが分かるのは、たいていは大人になってからだ。

「いまの有也みたいに、ハンバーグが食べたい！　とか、わがまま言って、ばあちゃんを困らせてたもんだよ。けど、いまになってよく思い出す。あれはうまかったんだろうな、って」

「おばあちゃんの味かあ」

海晴は目を細めた。

「それは、さすがにかなわないよ」

思い出の中の食べ物というのは、往々にして美化されるものだ。

「いや、ばあちゃんのよりうまい」

「それは、味覚が変わったからじゃないの？　子供のころは好きじゃなかったけど、いまは好きだからでしょ？」

「だからこそ、だろ」

高村の言葉に、海晴は首をかしげる。

だからこそ、って、何？

いまさら、昔、おばあちゃんが作ってくれた白和えと比べられるわけないのに。

「ああ、そっか。海晴、うちのばあちゃんが死んだと思ってるんだろ」

「え、ちがうの!?」

だって、高村が四十歳。その祖母といえば、生きていてもかなり高齢になる。高村は、ちっち、と指を振った。

「田舎でのんびり暮らしてるけど、すげー元気。二年前かな。有也を連れてったときに、白和え作ってくれた。それもうまかったけど、海晴のもうまい。酒がぐいぐい進みそうだ」

「嬉しい」

海晴は微笑む。自分が作ってくれたものを、おいしい、と言って、喜んで食べてくれる人がいる。

それは、とても幸せなことだ。

「いい日本酒も仕入れてるし、うまいつまみはあるし、俺は幸せものだな」

海晴はホタテのカルパッチョを食べながら、ちらりと高村を見た。

「…あんまり、飲みすぎないでね」

「どうしてだ？」

海晴の言いたいことなんて分かってるだろう高村は、にやりとしながら聞いてくる。海晴は小さな声で答えた。

「…食後にデザートもあるから」

「デザート？　冗談」

高村は海晴の頬をつつく。

「それが、メインディッシュだろ」

海晴は高村の手をぎゅっと握りしめて、こくん、とうなずいた。

「だから、酔って寝ちゃいやだよ?」

「いいか、海晴」

高村は海晴を見つめる。

「一カ月だぞ。恋人になって、一カ月。ほっとんど何もできなかった俺は、我慢の限界にきてるんだ。酔う?　寝る?　んなこと、あるわけないだろ」

二人の唇が自然に触れ合った。

「海晴のどんな細部も覚えておいてやるよ」

エロオヤジ!　と叫んでもよかったけど。

覚えててほしい。

いろんなことを、覚えててほしい。

だって、最初だから。

恋人との、初めてのセックスだから。

「…うん」

海晴は赤くなって、それでも、こくん、とうなずいた。

高村がそんな頬を、優しく撫でてくれていた。


「ぼくが…する…」

海晴は高村のものに手を伸ばすと、小さな声で、だけど、きっぱりと言った。高村が微笑む。

「大みそかのことを気にしてるなら…」

「ちがうよ」

海晴は首を振った。

「ぼくがしたいの。だってね…」

有吾さん、まだ、ぼくとしてて、イッたことないでしょう?

さすがに、それは言えない。だけど、察してくれたのか、高村は、そうだな、とうなずいた。

「俺の初めてを海晴にやる、って約束してたし。海晴の初めてはたくさんもらったし。このままじゃ、不公平だよな」

「そうだよ」

海晴はほっと息を吐く。

きっと、高村は口実《こうじつ》をくれたのだ。海晴が恥ずかしがらずに、高村のものを口でイカせる口実。

自分よりずっと大人な高村のことだから、そこまで考えてくれたにちがいない。

ありがとう、と、海晴は心の中でつぶやいた。

いまは、それに甘えててもいい？

いつか、言えるようになるから。

イカせてあげたいからくわえさせて？　と頼めるようになるから。

「歯立てんなよ」

高村はウインクした。海晴は、うん、と力なくうなずく。

「…歯立てたら、痛いよね？」

「痛いどころの話じゃねえだろ。おまえにも、同じもんがついてんだ。想像してみろ」

たしかに、そこに何かがぶつかったり、もっとひどいことになったり、そんな痛みを経験してない男なんていない。

「がんばる」

この前は、ちょっとの間だからよかったけれど。あれをイクまで口に含んでいるのは、結構大変そうだ。

「その答えじゃ、ちと不安だな」

高村は苦笑した。

「でも、ま、そういうのも悪くない。初々《ういうい》しくて、かわいい」

「そんなこと言ってられるのも、最初のうちだけかもしれないよ？」

海晴は赤くなった頬を隠したくて、高村のものに顔を近づける。そこは、ちょっとだけ変化しているものの、まだ完全に屹立《きつりつ》していなかった。海晴は手でこすりながら、口を開ける。

「顔、見せろ」

はらり、と、頬にかかった髪を、高村がかき上げた。

「そのちっちぇえ口を思い切り開けて、俺のもんをくわえてるとこ、見せろ」

海晴は何も答えずに、目だけで高村をにらむ。高村がにやりと笑った。

「いいな、その表情」

海晴の頬を、そのまま指で撫でる。

「生意気な目つきしてたくせに、俺のものをうまそうに舐めるようになるとこなんて、見てぞくぞくするだろうな」

「有吾さんはっ！」

海晴は口と手を、同時に離した。

「エロいビデオの見すぎなんじゃないの!?」

「まあな」

高村はあっさりと認める。

「海晴が俺の恋人になってくれる前は、何年もセックスしてねえし。海晴が恋人になってからも、セックスしてねえもんな。ＡＶ見てヌクぐらいしねえと、たまるだろ」

「それは、そうかもしれないけど！　でも、ぼくは…」

あれ、ちょっと待って。いま、とんでもないこと言わなかった？

「ぼくと恋人になってからも、見てるの？」

「いいなあ、想像通りの反応してくれる相手ってのは」

高村は目を細めた。

「あと、俺のこと、そんなに好きでいてくれるんだ、って感動もする」

「有吾さん！　ごまかそうとしたって…」

「見てねえよ」

高村は海晴の髪を撫でた。

「クリスマスのときのこととか、あと、大みそかとか、正月とか、そのあとの休みの日とか、未遂《みすい》で終わった海晴とのセックスを考えて、自分でやったりはするけど。現実とちがうことといえば、最後までやってるってだけ。けど、想像の中でぐらい、いいだろ？」

高村は海晴に口づける。

「それとも、不潔！　ってわめくか？」

「…わめかない」

海晴は、ごめんなさい、とつぶやいた。

「それに、別にAV見るのを責めるつもりもないよ。だって、それは、有吾さんの自由だしね」

ただ、ちょっと悲しいだけ。

現実の自分が、映像の中の彼女たちに負けたわけじゃないんだろうけど。

やっぱり、高村は女の人が好きなんだ。

それを、実感させられるから。

とはいえ、自分も、どれかAVを見ろ、と言われたら、ゲイものは選ばない。ほかの男のものを口に含めと強制されたらものすごく抵抗するだろうし、無理やり入れられたら思い切り歯を立ててやる。

それだけ、特別。

高村だけが、特別。

「そうだな。見るとしたら、海晴に似た女優が出てるやつだろうな」

海晴は高村を見上げた。

「一応、探したんだけど、なかった。海晴に似てたら、ああ、海晴はこうやってあえぐのかもな、って、脳内変換できるだろ。でも、俺は本物がいい」

高村は微笑む。

「画面の向こうのにせものじゃなくて、本物の海晴がいい。ここにいる、って、証明してくれるか？」

高村が何を言っているか分かって、海晴は、こくん、とうなずいた。もう一度、顔を近づけようとして、あ、とつぶやく。

「あのね、有吾さんだけに言わせるのフェアじゃないと思うんだ」

「何がだ？」

高村が不審そうな顔になった。

「もしかして、おまえ、俺を責めたくせに、自分だけＡＶを楽しんでるのか？　そういう楽しみは、二人で分かち合うもんだろ？」

「有也くんがいる、この家で？」

海晴はくすくすと笑う。もし、そんなことをしたら、きっと、有也は絶妙のタイミングで現れて、高村をあたふたさせることだろう。

その光景は、ちょっとだけ見てみたいかもしれない。

「それに、怒るとしたら、俺がいるのに！とかじゃないの？」

「海晴はまだ若い」

高村は肩をすくめた。

「そのころは、性欲も旺盛《おうせい》だ。してやれないのに、海晴が発散するのを止めるわけにはいかねえよ。毎日毎日、俺がしてやってるのに、それでもまだ見てたら、ちょっとはむっとするかもしれないけどな。まだ足りねえのかよ！って」

「見てないよ」

海晴は吹き出す。

「ホント、有吾さんは、ぼくと考え方がまったくちがうんだね。ぼくはね、毎日してるのに、有吾さんがＡＶ見て、自分を慰《なぐさ》めてたら、ああ、ぼくじゃ満足させてあげられないんだ、って思う」

「海晴はそうだろうな」

高村が笑った。

「ミスター・ネガティブの称号を贈ってやりたいぐらいだよ」

「いらないよ！」

海晴は、ぶう、と唇をとがらせる。有也と一緒にいる時間が増えて、似てきてしまったのかもしれない。子供っぽいとは分かっていても、頬をふくらませたり、露骨《ろこつ》にすねたり、そういうことをしてしまう。

…まあ、もとから大人っぽくは全然ないけど。

「それに、ネガティブなのは、有吾さん関係のことだけだし。好きだから、いろんなことが怖くなるの。有吾さんは、そういうことない？」

不安なのは、自分だけ？

ちがうよね。

ちがうから、今日を二人で楽しみにしてたんだよね？

「あのな、言っとくけど」

高村は海晴をのぞき込んだ。

「俺のほうが、はるかに不安要素が多いって分かってるのか？」

不安要素？　何それ？

「海晴よりもはるかに年上だし、バツイチ子持ち。会社は業績不振で、リストラされるかもしれない。もしそうなったら、いまよりも、もっと貧乏生活になる。住むところに困らないことだけが、安心材料。それに比べると、海晴は若いし…」

続けようとする高村の唇を、海晴はそっとキスでふさいだ。唇を離して、にこっと笑う。

「そんな有吾さんが、好きなんだよ？」

海晴はもう一度、唇を重ねた。今度は、舌を絡める。

「海晴…」

「夜、有吾さんにされたいろんな恥ずかしいことを思い出しては自分でしちゃうぐらい、有吾さんのことが大好きだよ」

今度のキスは、高村から。ぬちゅ、と、唾液の音が響いた。

「それを、証明してほしい？」

海晴はいたずらっぽく目を細める。高村はうなずいた。

「もちろん。できるか？」

「できる…」

海晴はそこで言葉を切って、高村を見つめる。

「と思う。痛くても、我慢してくれるなら」

「痛かったら我慢しねえけど、もっとこうやって、とかのアドバイスならできる。それじゃ、ダメか？」

「ううん、十分」

海晴は微笑んだ。

そうやって、二人でうまくなっていけばいい。

高村は、されるのが初めて。海晴も、するのは初めて。

それなのに、最初から成功するはずなんてないから。

「あんまり気持ちよくなくても、許してね」

「大丈夫だ」

高村は自身を指さした。

「海晴が口でやってくれるってリアルに想像しただけで、こんなになってるから」

高村は、もう完全に勃《た》ち上がっている。

海晴はにっこりと笑うと、両手でそれを握り込んだ。

今度こそ、おたがいの望むことをするために。

「んっ…ふっ…」

海晴は高村の下の部分を手でこすりながら、先端の穴を舌でつついた。そこは、さっきから、海晴の唾液ではないものでも濡れている。

「いい感じだ…」

高村の足が、びくん、となるたびに、海晴は嬉しくなった。それは、感じてくれている証拠。飲み込めるだけ奥に入れたら、口の中が高村でいっぱいになる。

海晴は、じゅぶ、じゅぶ、と音を立てながら、唇を動かした。高村の腕が、引き寄せるように海晴をつかむ。

もっと、ってこと？

海晴が見上げたら、高村はにこっと笑って。

「気持ちいい」

優しく、そう言ってくれた。海晴はますます張り切る。

手でこする速度を速くして、唇の上下の動きを大きくした。さっきより明らかに硬くなったそこは、だけど、まだ放出の気配を見せない。

やっぱり下手なんだろうか。

落ち込みそうになった自分を、海晴は、ううん、と慰めた。

下手なのは、しょうがない。初めてだし、やり方だって分からない。だったら、高村がイクまでがんばればいい。どうしようもなかったら、高村だって教えてくれるだろう。

「すっごいやらしい」

目だけを上げると、高村が満足そうな顔で海晴を見ていた。

「俺のものをくわえて、一生懸命、かわいいお口を動かしてる。ああ、いま、ちょっと歯を立てそうになった。だめだろ、そんなことしたら」

わざとじゃないよ。

そう言い訳したいのに、高村を含んでるから口に出せない。

有吾さんが、びっくりするようなこと言うからでしょ。あと、そんなにじっと見ないで。恥ずかしいから。

言葉には出さず、海晴はまた集中し始めた。

早く終わらせれば、観察されなくてすむ。

「ずっと眉間に皺を寄せてるけど、俺のものが苦い？　それとも、口の中に隙間がなさすぎる？」

やだ、と首を振ろうとして、海晴は寸前でこらえた。そんなことしたら、歯を立ててしまう。

「ほら、もっと動かして。海晴のかわいい唇で、俺をこすって」

唇を指で撫でられて、海晴は口の中のものをこぼしてしまいそうになった。どうしてだろう。いつもより、唇が感じてしまう。

キスされたあとに触られたときよりも、もっと強い快感。

それは、高村のものをくわえてるから?

海晴は舌を絡めながら、必死で顔を動かした。

「いいよ。すごく、いい。海晴の顔を見ているだけで、イッてしまいそうだ」

そんなことをつぶやく高村の声は、まだ余裕だ。とろとろと、海晴の舌を濡らすものの量は確実に多くなっているのに。

しばらくすると、だんだんあごが疲れてきて、動きも遅くなってきた。

こんなに難しいものだったんだ。

海晴は、それでも、一生懸命、舌と唇と手を動かす。

「かわいいよ、海晴。大好きだ…っ…」

ぼくも、大好き。

有吾さんのことが、大好き。

ただ高村のものを舐めているだけなのに、体が熱くなってきた。海晴のものも、勃ち上がり始める。

「いいっ…海晴…もっと…」

高村の声が、かすれてきた。海晴はそれに励まされるように、また動きを速める。

舌に感じられるものが、粘るようになり。

そして。

「…っ…」

終わりは唐突に訪れた。海晴の口の中に、液体が一気に流れ込んでくる。飲もうとして、海晴は顔をしかめた。

ごくん、としたいのに、のどがそれを拒否する。

大きく息をついていた高村は、ベッドサイドのティッシュに手を伸ばした。何枚か取って、ほら、と海晴に渡す。

「吐き出せ」

「れも…」

口の中には高村の欲望の名残《なごり》があるので、うまく話せない。高村は苦笑した。

「俺だって、吐き出す。だから、出せ」

「…いいの?」

海晴は高村を見つめる。高村はうなずいた。

「飲み込みたいほどうまいんなら、もうとっくに飲んでるだろ。ほら、出せ」

海晴はしばらくためらったあと、ティッシュの上にそれを吐き出した。唾液と混じったそれは、かなり粘《ねば》ついている。

「…ごめんなさい」

海晴はうつむいた。高村は肩をすくめる。

「別に怒っちゃいないが、海晴が反省してるってのなら」

高村がにやりと笑った。

「行動で示してもらおうか」

いやな予感はしたけど、逆らえなかった。

海晴は、こくん、とうなずいて、高村をじっと見つめた。


「恥ずかしい…よ…」

腰を高く上げさせられて、海晴は高村を振り向いた。高村はかまわずに、海晴の双丘《そうきゅう》を広げる。

「有吾さん…ってば…」

「さっき言っただろ。行動で示してもらう、って」

高村は、すーっ、と、双丘の間を撫で上げた。それだけなのに、海晴の体が、びくん、と震える。

「この格好が一番ほぐしやすいし、海晴が恥じらってる姿も見れる。一石二鳥ってやつだな」

今度は撫で下ろして、蕾《つぼみ》のすぐ手前で止めた。てっきり、そこをいじられると覚悟していた海晴は、逃げようと腰を動かす。それを見て、高村が意地悪くささやいた。

「どうして、腰を揺らしてんだ？」

「ちがっ…」

海晴はぶんぶんと首を振る。

ちがう。そうじゃない。

高村が考えてるようなことじゃなくて…。

「触ってほしかったのか？」

耳たぶを噛まれて、海晴は体をのけぞらせた。

「こうやって焦らされるのは、耐えられない？」

高村は蕾のすぐ上に指を当てて、それをそのまま横にずらす。肝心な部分は触られていないのに、入り口が引っ張られた。高村がそれを見て、くすりと笑う。

「海晴の中が見えそうだぞ。ほら、もう少しで」

指をもう一本隣に置くと、それを逆側に滑らせた。蕾の上のほうが、左右に開かれる。

「やっ…やぁっ…」

「海晴は、いつだって、いや、って言うからな。言葉は信用できん」

高村の指が蕾の周りに沿って、動き始めた。直接は触れてくれない。ただ、周囲をなぞるだけ。海晴の体が、そのたびに、びくん、びくん、と反応する。

「触ってないのに、ほころび始めてるぞ」

高村の言葉に、海晴はぎゅっと唇を噛みしめた。せめて、あえぎ声だけでも出さないようにしなきゃ。

高村の指が、どんどん狭《せば》まってきた。襞《ひだ》のはしに触れられて、海晴の唇はあっさりと降参する。

「あぁっ…いやぁ…」

「いやじゃないって言え」

高村が一瞬だけ蕾をこすった。海晴はシーツをぎゅっとつかむ。

「もっと触って、気持ちよくして、中をいじって。そう言え」

「無理っ…」

海晴は潤《うる》んだ目で、高村に訴えた。

恥ずかしい。

すごくすごく、恥ずかしいから。

お願い、もう許して。

これ以上、意地悪しないで。

「言っただろ。不安材料は俺のほうが多い」

また蕾に手を伸ばされて、そこが、ひくん、と口を開く。中に入ってくるかと思った高村の指は、だけど、すぐに離れた。

「だから、海晴も欲しがってるって分からせてくれ」

入り口をゆるく撫でられる。大きな指。それで、もっとこすってほしい。

「俺だけじゃないって、教えてくれ」

「有吾さんがっ…」

海晴は目をそらさずに、ささやいた。

「好きだから、ここにいるの。怖くて、恥ずかしくて、逃げたくて。痛いだろうな、ってことも分かるから、緊張もしてる。でもね…」

海晴はにこっと微笑む。

「それよりももっと、嬉しくて、幸せで、胸がドキドキしてるの。有吾さんがいまから抱いてくれるって思うと、体が全部熱くなるの。これじゃ、ダメ？」

海晴はすべての思いを込めて、高村を見た。

「これじゃ、伝わらない？」

「俺は、それほどバカじゃない」

言葉と同時に、指が中に入ってくる。

「あぁぁっ…！」

お風呂場のときとちがって、海晴の体がふやけてないせいか。それとも、高村の指が硬いままだからか。入れられた瞬間、かなりの痛みが海晴を襲った。少しは唾液で濡れているはずなのに、中で引っかかる。

「やっぱ痛いか」

高村はつぶやくと、指を引き抜いた。

「俺の力だけで気持ちよくしてやりたかったんだけどな。ま、最初からは無理か」

高村はベッドを降りて、何かを取りに行く。一瞬見えた高村のものは、また屹立しかかっていた。

嬉しい。

こんなときなのに、思うのはそれだけ。

痛い、とか、いやだ、とか、怖い、とかじゃなくて。

あんなところに入れるというのに。

そして、じっくりそこを観察したはずなのに。

高村は興奮してくれている。

それが、すごくすごく嬉しい。

「買っといてよかった」

高村は小さなビンを持ってくると、それを手にたらした。どろりとした、ジェル状のもの。海晴は首をかしげる。

「それ、何?」

「ローション。濡れない女とかに使うやつ。これで、少しは痛みも減ると思うぞ」

「ホントに?」

海晴は眉間に皺を寄せた。そんなもので、あの痛みが消える?

「その表情から察するに、よっぽど痛かったんだな。まあ、だまされたと思って使わせろ」

「…ホントにだまされたら？」

「痛いのにごめんな、って言いながら、ぶち込む」

にやりと笑った顔からは、冗談か本気か判別がつかない。

それなら、どうか。

海晴はいるかどうかも分からない神様に祈った。

ローションがその役目を果たしてくれますように！

全部の指をローションで湿らせると、高村はまた双丘を触る。冷たいような、温かいような、不思議な感触が海晴を襲った。

そのまま指を滑らせて、入り口を指で丁寧《ていねい》になぞる。ひくん、と開いたところに、指が一本入ってきた。

「いたっ…」

…くない。

海晴はぱちぱちと目をまたたかせる。海晴の表情を見ていたのか、高村はほっとしたように息を吐いた。

「よかった。海晴だけが痛いなんて、かわいそうだしな」

てことは、さっきの本気だったんだ！

ありがとうございます。

いま、この瞬間から信じることにした神様に、海晴は祈りを奉《ささ》げた。

ローションのおかげで、ひどいことにならずにすみます。

「それに、痛くないなら、中をいろいろいじれる」

高村は指をぐいっと中に進めた。まったく痛みがないわけじゃないけど、我慢できる程度。指を折り曲げられて、内壁をこすられると、海晴の中が小さく収縮し始める。

「あっ…」

海晴の口から、あえぎとも悲鳴ともつかない声が漏れた。高村にもどっちか分からなかったらしく、もっと大胆に指を動かされる。

痛いなら悲鳴に近く、気持ちいいならあえぎっぽくなると思ってのことだろう。

高村の指が、カリッ、とある一カ所を弾いた。その瞬間、頭の中が真っ白になる。

「いやぁぁぁっ…」

体がびくびくとしているのも、明らかなあえぎ声を出してるのも、気づいたのはしばらくたってから。高村の指は、その間ずっと、そこをこすり続けていた。

「あっ…やぁっ…有吾さっ…だめぇ…」

「だめ、じゃねえだろ」

高村はにやりと笑う。

「ここが海晴のいいところか。しっかり位置を覚えないとな」

何度も何度もこすられて、海晴の先端から透明な液体があふれてきた。海晴はぶんぶんと首を振る。

体が熱すぎて、どうにかなってしまいそうだ。

「おねがっ…そこっ…もっ…」

高村の指がもう一本、中に入ってきた。二本の指で、集中的に海晴の感じる部分をこすり上げる。

「ああっ…いやっ…イッちゃ…」

「イケよ」

高村の言葉に、海晴は必死で首を振った。

いまは、まだ我慢できる。だけど、もうちょっとしたら…。

「中だけをいじられて、イク海晴が見たい」

「やっ…やぁっ…」

プルルルル。

最初は、なんの音か分からなかった。高村が一瞬、手を止めて、それから、また海晴の中を攻略にかかる。

プルルル。

二回目で、ようやく気づいた。

電話だ。

ベッドサイドテーブルに置いてある子機が鳴っている。

「有吾さっ…電話っ…」

「ほっとけ。そのうち、留守電に切り替わる」

「でもっ…」

海晴は高村を振り返った。

「鳴ってると、ぼくが気になるよ？」

「気にならないぐらい、感じさせてやる」

高村がまた指を動かそうとした瞬間、留守電に切り替わる。

『夜分遅くすみません。こちら、ひまわり保育園ですが…』

高村の動きはすばやかった。指を引き抜いて、手がぬるぬるになっているのもかまわずに、受話器を取り上げる。

「もしもし、高村です」

相手の声は聞こえない。高村は、はい、はい、と何度かうなずくと、すぐに迎えに行きます、と電話を切った。

「有也が熱を出したらしい」

「…有也くん、カゼひいてたっけ?」

緊急事態を悟った海晴は、体勢を変えてベッドの上に座る。もう、今夜は何もできない。保育園から電話が来るのは、よっぽどのことだからだ。

「ひいてないけど、楽しみにしてるときにはよく熱を出すんだ。行事が終わって帰ってきたら、高熱を出して倒れる、なんて日常茶飯事《にちじょうさはんじ》。行事の前に熱出して、行けないよりはましだけどな」

笑う高村の顔は、ちょっとだけ引きつっていた。きっと、有也のことが心配でたまらないのだろう。

「一応、救急病院に寄ってから帰ってくる。四十度近くあるそうだから」

「じゃあ、ぼくはその前に帰ってるね」

高村は有也の看病で忙しくなる。自分はいないほうがいい。

「それでもしょうがないとは思うが…」

高村は海晴の肩に、こつん、と頭をもたせかけた。

「できれば、いてほしい。これは、俺のわがままだ」

こんな弱気な高村、初めて見る。

「いいよ」

だから、わざと明るく、海晴は答えた。

「子供の看病なら、保育園で慣れてるしね。いろいろ準備して待ってるから、安心していってらっしゃい」

「サンキュ」

高村は心底ほっとしたように息を吐くと、ベッドから降りる。

「なあ、海晴」

洋服を着ながら、高村はささやいた。

「何?」

「神様って、意地悪なのかもな」

そうかもね、とは、答えなかった。

ただ微笑んで、いってらっしゃい、と声をかけた。

家の合鍵を預かって、コンビニまでダッシュした。病院へ行くから時間はかかるだろうけど、準備は早くしておくにこしたことはない。

スポーツドリンク、ジュースなどの水分補給用品、プリンやゼリーなど、のどがはれても飲み込みやすいもの、アイスも何種類か、頭を冷やす保冷シート、その他、必要そうなものを買い込んで、マンションに戻った。

中に入って、まずはリビングに布団を敷《し》く。高村と一緒のベッドだと、二人そろってカゼで倒れるということにもなりかねない。海晴が毎日看病に来られるわけじゃないのだから、高村には元気でいてもらわないと。

あとはコンビニで買ってきたものを冷蔵庫や冷凍庫につめて、救急箱を探し出す。体温計は必要だ。

「あとは、もうすることないよね」

海晴はきょろきょろと辺りを見回して、うん、とうなずいた。とにかく、帰ってきた有也をすぐに横にならせることが先決。あとは、その都度考えればいい。

ただ待っていても暇だから、と、テレビをつけた。だけど、内容が頭に入ってこない。新聞、雑誌、全部ダメ。本なんて、もってのほか。読む気にもならない。

何度も窓のそばにいっては、カーテンをめくり上げて外を見る。車の音がするたびに、高村じゃないかと思う。最後には、ずっと窓にへばりついていた。

高村の車が駐車場に入ったのは、出て行ってから一時間を過ぎたころ。海晴は玄関まで走って、ドアを開ける。

エレベーターから降りてきた高村の姿を見たときは、泣きそうになった。背中に有也をおぶっている。

高村は海晴に気づいて、ほっとしたように微笑んだ。

「いてくれたんだな」

「いるよ。約束したでしょ」

そろそろ夜中に近いので、二人ともひそひそ声だ。

「有也くんは?」

「ただの発熱。カゼでもないらしい。二、三日、様子を見てください、だってさ。きっと、こいつ、明日にはけろっと熱が下がってるぜ」

「だったら、いいね」

だけど、当の有也は、赤い顔で苦しそうにしている。四十度近く熱があるのなら、それも当然だろう。

「お布団《ふとん》、リビングに敷いといたから」

「悪いな」

高村はすまなそうにつぶやいた。海晴は、ううん、と首を振る。

「ぼくにできることって、そのぐらいしかないからね」

「そんなことねえよ」

高村は海晴の頭をぐしゃぐしゃと撫でた。

「海晴の顔を見た瞬間、ホントにほっとした。こんなときに不謹慎《ふきんしん》だけど、ああ、俺、海晴のことが好きなんだな、って思ったよ。いてくれて、ありがとう」

ううん、こっちこそ、と言いたいのに、涙で言葉が出なくなる。海晴はうつむいて、それを隠した。有也のことだけでせいいっぱいだろう高村を、これ以上、心配させたくない。

「嬉しくて泣いてるのは分かってるから、大丈夫」

高村はもう一度海晴の髪を撫でると、ささやいた。

「もっと泣いとけ。俺が嬉しいから」

「…泣かない」

だけど、それすらも涙声。海晴はますますうつむく。

有也が熱を出して苦しそうなのに、それでも、高村の言葉を幸せだと思ってしまう。

それは、いけないことなのだろうか。

「…パパ」

有也のか細い声がした。高村が、ん？　と優しく聞き返す。

「ぼく…プリン食べたい…」

「プリンな。すぐ買ってきてやるから、まずはおとなしく寝ろ」

「…あれ？　なんで、ぼく、おうちにいるの？」

「んー、なんでだろうな」

「パパがぼくをさらったから？」

いつもの有也らしい言い草に、海晴は思わず吹き出した。有也がうっすらと目を開けると、海晴を見つける。

「あー、海晴先生だ！　ね、海晴先生、ぼくね、すったリンゴとプリンとゼリーが食べたい！」

「おまえ、ホントに病人か？」

高村は苦笑した。

「それに、なんで、海晴に頼むときは、食べたいものが増えてるんだよ」

「前に、パパがすってくれたリンゴがおいしくなかったから」

海晴はくすくすと笑いながら、いいよ、とうなずく。

「有也くんの好きなもの、なんでも食べさせてあげるから」

何か食べたほうが、治りも早い。海晴はキッチンへと向かった。リンゴは、たしかあったはずだ。

有也を寝かせてから、高村がやってくる。冷蔵庫を開けて、サンキュ、とまた言った。

「海晴は気がきくな。いろいろ買ってきてくれたんだ？」

「うん。ぼくね、子供のとき、熱が出ると苦しくていやだったけど、そのときだけは親が優しいじゃない？　で、あれ食べたい、これ食べたい、って、いつもなら絶対に買ってくれないようなもののリクエストしてた。有也くんもそうかな、って思って」

「ホントに助かる。で、頼みついでに悪いんだが」

高村は有也を指さす。

「海晴先生がいい、パパは飽《あ》きた、だってさ。リンゴすったら、そばに行ってやってくんね？」

「お安いごようです」

海晴はリンゴをすばやくすりおろすと、ガラスの器に入れた。ちょっとでも目に涼しいほうが、食欲も湧くだろう。

「海晴先生も、パパとお泊まり会してたの？」

海晴が腰を下ろしたとたん、有也が聞いてきた。あまりの的を射た発言に、海晴は苦笑する。

「うん、そう。パパがね、有也くんだけがお泊まり会なんてずるい、ってすねるから、ぼくが泊まってあげたの」

「じゃあ、ぼくが、パパと二人でお泊まり会なんてずるい、って言ったら、三人でお泊まり会してくれる？」

家に帰ってきて安心したからなのか、有也はさっきよりも元気そうに見えた。だけど、額に手を当ててると、かなり熱い。

「うん、してあげるよ。だから、まずはリンゴ食べてね。はい、あーん」

「あーん」

有也は素直に口を開けて、リンゴを食べた。有也は、おいしい！　と笑う。

「あのね、ここだけの話だけどね」

有也は声をひそめた。

「パパがすってくれたときは、つぶつぶがいっぱいだったの。おのどが痛かったぼくは、全然食べられなかったんだよ。でも、海晴先生のは、ちゃんとしてる。パパ、やっぱりダメだね」

「ダメじゃないよ」

海晴はリンゴを食べさせながら、優しく言う。

「パパね、有也くんがお熱出した、って電話があったとき、すぐに飛んで行ったんだよ。有也くんが、パパの一番なんだから。一番の人に、ダメだね、って言われたら、有也くんだって悲しいでしょ?」

「ぼくだって、パパは一番だよ」

有也がえっへんといばった。

「でも、ダメなところをちゃんと言ってあげないで、甘やかしてばかりだと、人は成長しないものだから」

その大人びた言い方に、海晴はぷっと吹き出す。

「そうだね。それは正しいね。じゃあ、パパとしては合格?」

「大合格!」

両手で大きな丸を作ると、有也は笑った。

「じゃあ、よかった。パパも喜ぶよ」

海晴は最後の一口を有也の口の中に入れた。リンゴを全部食べられたのだから、本当に明日には熱が下がっているかもしれない。

「ほかに、何か欲しいものある?」

「海晴先生、朝までいてくれる?」

有也はぎゅっと海晴の手を握った。海晴は熱いその手を、握り返す。

「もちろん。熱のある有也くんを置いて帰るほど、ぼくは薄情《はくじょう》じゃないよ」

明日は早番だし、ほとんど寝られないだろうけど。それでも、ついていてあげたかった。

有也が自分を必要としてくれるなら、徹夜《てつや》だろうとかまわない。

「じゃあ、プリン!」

急に元気になった有也は、にこにこしながらそう言った。海晴は、はいはい、と立ち上がる。

「あ、海晴先生、はい、は一回なんだよ」

「そうだったね。ごめんなさい。はい」

海晴は言い直すと、プリンを取りにキッチンへ向かった。そこで会話を聞いていたのだろう高村が、両手を合わせる。

「明日、仕事あるのにすまん」

「ううん、大丈夫。ぼくは有吾さんとちがって、若いからね」

冗談めかして。少しでも、高村の気が楽になるように。

「そういえば、俺も、海晴ぐらいの年には徹夜が平気だったなあ」

何かを思い出すように遠い目になる高村を、海晴はこづいた。

「ぼーっとしてないで、有也くんに頭を冷やすシート貼って。病院で、熱測った？」

「ああ。そのときは、八度九分だった。いまは、もうちょっと下がってるかもな。八度台前半だと、あいつは食欲があるんだ。それ以上になると、がたっと落ちる。リンゴ食って、プリン食う元気があるなら、大丈夫だ」

自分に言い聞かせるように言う高村を、海晴は抱きしめる。

「うん、大丈夫。有也くん、元気だよ。食べて、寝て、起きたら、もっと元気になってるから」

「こうやって」

海晴をぎゅっと抱きしめて、高村はぱっと手を離した。

「毎日、海晴がここにいてくれたらいいのに。そしたら、俺も安心できるのに」

海晴が答えられないでいるうちに、高村は有也のところへ向かう。少しして、あ、ひんやりするやつだ、という有也の声が聞こえてきた。

「…無理だって、分かってるでしょ」

できることなら、と海晴は思う。

自分だって、できることなら、ここで高村と有也と三人で暮らしたい。

だけど、それを世間はどう思う？

最初は、高村と海晴は兄弟だ、とごまかせるかもしれない。だけど、そのうち、真実はかならずばれる。

世間に、じゃなくて、有也に。

それが、怖い。

いまなら、まだ引き返せる。

体もつなげていない、いまなら。

だけど。

「大好き…」

好きで、好きで、どうしようもなくて。

いまだって、高村の後ろ姿を目で追ってしまう。

そんな人を、あきらめられる？

ずっとずっと恋をしていて、そして、ようやく手に入れた人。

それを、手離せる？

無理だ、と思った。

そんなの、無理。絶対にできない。
でも、じゃあ。
「どうすればいいの？」
その言葉は、空気中に溶けた。同じことを、海晴はもう一度口に出す。
神様、もしいるなら、教えてください。
ぼくは、どうすればいいんですか？

4

「はあ…」

リビングでため息をついていたら、たまたま通りかかった愛美《まなみ》がつかつかと寄ってきた。

「うざい！」

そんな言葉とともに、頭をバーンとはたかれる。海晴《みはる》は、痛い！　とわめいた。

「愛美ちゃん、いま、本気だったでしょ！」

「当たり前じゃない」

職場だけならまだしも、家でも絶対的権力者であり続ける、とんでもなく迷惑な存在の愛美は、平然と答える。

「うじうじうじうじ悩んじゃって。見てるほうが疲れるわ。あんた、それでも男？」

「男が悩んじゃいけないの!?」

海晴は愛美にくってかかった。日ごろ、そんな恐ろしいことは絶対にしないのに。もしかしたら、やけになっているのかもしれない。

「別に悩んでもいいわよ。けどさ、男ってのは、だれにも気づかれないように、静かーに悩むものだとあたしは思うわけ。行きつけのバーで、マスターに、いつもの、とか渋い声で頼んで、憂《うれ》いを帯びた顔で、だけど一言も言わずに頼んだ酒をあおる。一杯だけ飲んだら、お勘定《かんじょう》、と告げて、哀愁《あいしゅう》を帯びた背中を見せながら去っていく。そのぐらいの甲斐性《かいしょう》は欲しいわね」

「愛美ちゃん、最近、ハードボイルドの映画見たか、本読んだかしたでしょ」

海晴は愛美をにらんだ。やっぱり、やけになっている。きっとされるであろう報復のことを考えても、言葉が止まらないなんて。

「人生はね、そんなに簡単なものじゃないの。ぼくはお酒が飲めないし、渋い声も出せない。だから、ため息ぐらい好きにつかせてよ」

「いやよ」

愛美はあっさりと言う。海晴はわめいた。

「どうして!?」

「最初に言ったでしょ。うざいからよ」

「愛美ちゃんは、自分勝手すぎるよ！　だったら、見なきゃいいでしょ！」

「あたしだけならね」

愛美は肩をすくめる。

「見ないふりしてりゃいいだけだし。だけど、ここはリビング。家族の憩《いこ》いの場所よ」

「愛美ちゃんでも、憩いって言葉知ってるんだね」

いやみたっぷりに。愛美は余裕の表情で笑った。

「あたしはね、弱ってる動物をさらに弱らせるのは好きじゃないの。だから、今日のあんたの暴言《ぼうげん》は全部我慢してあげる。でも、問題が解決したときに同じような口きいたら、タダじゃおかないわよ」

最後にすごみをきかせられて、海晴の頭がさーっと冷えた。たしかに、姉は偉大だ。恐怖だけで、海晴を落ち着かせてくれる。

…できることなら、さっさと三月になって、結婚してくれて、家で顔を合わせなくてすめば、もっといいけど。

「お父さんとお母さん、心配してた?」

「ちょっとはね」

愛美は両手を広げた。

「まあ、あの人たちは、楽天的だから。海晴にもいろんな悩みがあるんだろう、って勝手に納得してるんじゃない?」

「じゃあ、憩いの場は関係なくない?」

「もちろん、関係ないわよ」

愛美は目を細める。

「ただ、言ってみただけ」

「あのね、愛美ちゃん」

海晴はわざと大きくため息をついた。

「見てのとおり、ぼくは悩んでるの。からかうつもりなら、だれかほかの人にしてよ。お休みなんだし、彼氏さんのところでも行けば？」

「出張でいないの。だから、海晴で遊ぼうかと」

「迷惑です」

海晴はくるりと背を向ける。

「世の中には、携帯電話っていう文明の利器があるんだから、それ使って話せばいいじゃない」

「あたし、あんまり電話って好きじゃないのよね。それに、長いつきあいだし、たまにいないとせいせいするわ」

「…そういうもんなのかな」

海晴はつぶやいた。

いつか、せいせいする、って言えるようになるのかな。だったら、早く、長いつきあいになりたいな。

…それとも、短いつきあいで終わっちゃうのかな。

知らず知らずのうちに、ため息をこぼしていたらしい。今度は背中を蹴られた。

「愛美ちゃん！　何度も言ってるけど、女の人が足を使うのは下品だよ！　ぼくだからいいようなものの、普段出たら、どうするわけ!?　自分の職業、分かってる!?」

園児を蹴って、それがとんでもないところに当たったりしたら、大きな問題になる。

「あんたこそ、自分の職業分かってる？」

愛美の声が、穏やかになった。海晴は振り向いて、分かってるよ！　と怒鳴《どな》ろうとして、愛美の表情に、何も言えなくなる。

愛美は冷たい顔で微笑んでいた。

「あたしはね、プロとして保育士をやってるの。子供はかわいいし、大好きよ。でも、それだけじゃ、やっていけない。子供に手や足を出すわけないでしょ。親が、どんな気持ちで子供を預けてるか、そんなことも分からないで、のほほんと保育士をやってるとでも思ってる？　あんた、あたしを侮辱《ぶじょく》してんの？」

「…ごめんなさい」

海晴はうつむいて、心の底から謝る。保育園で、愛美はいつも明るく笑っていた。元気に園児と遊んでいた。真剣な顔で、父兄の相談に乗っていた。

そんなこと、海晴が一番よく知っていたのに。

「さっきの言葉、取り消します。ごめんなさい」

「分かればいいのよ」

顔を上げると、いつもの意地悪そうな顔。海晴はほっとする。

許してくれたのだ。

…意地悪なほうが安心できる、というのは、問題かもしれないけど。

「でも、あたしだって、プライベートで浮き沈みはある。機嫌が悪いときも、意味なくむしゃくしゃするときもある。それを職場では見せないようにしてたつもりだったけど、昔はよく言われたものよ。今日の愛美先生、怖いわね、って。うまく隠せるようになるにも、経験が必要よ」

ああ、それでなのか。

海晴はようやく分かった。

家での態度が問題なんじゃない。自分の部屋だけで落ち込んでいるのなら、愛美も見逃《みのが》してくれていただろう。

ちがうのだ。

問題は、そこにはない。

「ぼく、なんて言われてるの？」

「海晴先生、元気がないね。どうしたのかな。三歳児の優花《ゆうか》ちゃんにまで、そうやって心配されているのよ。直接受け持ってないのに」

「そんなに？」

みんなに分かるぐらいに、元気がなかった？

休み時間は、外で走り回ってたのに。いつもにこにこしてたつもりなのに。

子供すらも、だませてなかった？

「中途半端《はんぱ》はつらいのよ」

愛美の声が、優しくなる。

「当たって砕ければ、泣いて泣いて泣きわめいて、だけど、そのうち立ち直れる。砕けなければ、ものすごく幸せで天にも昇る気持ちになれる。そのどっちのときも、気持ちを隠すのは簡単。だけどね、どっちつかずだと」

愛美は海晴の髪をぐしゃぐしゃと撫でた。

「つらいわよね」

「愛美ちゃんはさ」

海晴は愛美の手を心地よく思いながら、目を閉じる。

いつだって、横暴で、自分勝手で、わがままで、でも、最終的には海晴に甘い愛美。だからこそ、きらいになれない。

「結婚します、って、彼氏さんを紹介するとき、怖くなかった？　お父さんとお母さんが、この人を気に入ってくれなかったら、どうしよう、って」

「このあたしが、人の評価を気にすると思う？」

愛美が強気な口調で答えた。海晴は目を開けて、じっと愛美を見つめる。

「でも、家族だよ？」

「そうね、家族ね」

「反対されたら、悲しくない？」

「悲しいわよ。でも、しょうがなくない？」

そう、しょうがない。

好きなんだから、しょうがない。

海晴はそう考えて、ため息をついた。

最近は、ため息ばかりついている。保育園でも、無意識のうちについていたかもしれない。

「たとえばね、愛美ちゃんがお父さんのことを世界で一番好きだったとするね」

「あんまり嬉しい仮定じゃないわね」

愛美は苦笑した。

「まあ、いいわ。続けて」

「だけど、その世界一好きは家族としての好きで、ほかにもう一人、世界で一番好きな恋人ができたとする。世界一好きなお父さんが、世界一好きな恋人のことを反対したら？」

「あんた、ホントに悩むの好きね」

愛美はあきれた表情になる。

「どうして、そんなことを考えるのか、あたしにはまったく分かんないわ」

愛美ちゃんも、ぼくの立場になれば分かるよ。

海晴はその言葉を飲み込んだ。

お泊まり会で熱を出して有也《ゆうや》が帰ってきた日から、高村《たかむら》は海晴に手を出そうとしない。

以前は有也が眠ると、客室に引っ張り込まれそうになっては有也に邪魔される、の繰り返しだったけれど、最近は引っ張り込もうとすること自体がなくなった。

キスはするけど、唇を合わせるだけ。

きらいになったんじゃない、と思う。

海晴も高村も、考えていることは同じはず。

セックスをしようとして、二人が幸せな時間を過ごしていたときに、有也は熱を出していた。一人で苦しがっていた。

自分たちのせいじゃない。そんなことで悩むのはどうかしている。

つぎの日には熱も下がり、けろっとしていたのだから、高村の言っていた、興奮しすぎて出た熱なのだろう。

だけど、罪悪感は消えない。

自分ですらそうなのだから、高村が感じているのは、もっとひどいものだろう。

有也が大きくなるまで待つ？

あの日の罪悪感が消えるのを期待する？

…それとも、別れる？

セックスだけが目的じゃない。ただ一緒にいればいい。

そんなのは欺瞞《ぎまん》だ。

好きな人がそばにいれば、体を重ねたい。

抱き合って、キスをして、愛し合って。

心も体も、つながりたい。

それができなくても、そうしたい、という意思表示はしてほしい。

もう、ダメなのかも。

最近は、そんなことばかり考えるようになっていた。

高村とは、もう無理なのかも。

有也のことは、大好きなのに。

高村のことは、もっともっと好きなのに。

それでも、うまくいかない。

どうすればいい？

どうすればいい、と思う。

「方法は、ないの？」

確認したいだけ。そんなの無理に決まってるでしょ、と言ってもらって、背中を押してほしいだけ。

この世で一番好きな人と別れるための勇気を、もらいたいだけ。

分かってる。

それが卑怯《ひきょう》な選択だって分かっているけど。

このまま、そばにいるのはつらい。

「こんだけつきあってるのに、あんたはあたしの性格をまったく把握してないのね」

愛美はなぜか楽しそうに笑った。

「あんたが楽になりたいから、あたしに押しつけてんでしょ。愛美ちゃんが言うならそうだよね、って自分を納得させて、あんたのどうでもいいプライドを守りたいだけなんでしょ」

「だって、つらいんだもん！」

海晴の目から、涙がこぼれる。

愛美の指摘は正しい。だからこそ、よけいに胸をえぐる。

「そばにいるのが、苦しいの。前は楽しかったし、幸せだったのに、いまはちがうの。だから…」

「だったら、自分でそう言いなさいよ。家族を持ち出すなんて卑怯だわ。だって、絶対に逆らえないもの」

愛美は、ふん、と鼻で笑った。

「有也くんの幸せを考えたことがある？　とか言うんでしょ。でもね、それ、サイテーだから。やったら、縁切ってやるし、結婚式にも参列させない。あんた、人間のクズよ」

高村が恋人だということを、もう否定しない。海晴は両手で顔を覆《おお》った。

「…別れたくない」

「でしょうね」

「でも、無理なんだ」

「さあ、それはどうかしら」

愛美の意地悪な声が聞こえてくる。表情まで想像できた。

「さっきの質問、答えてあげるわ」

愛美がしゃがみ込んで、海晴を見上げる。海晴は手をはずして、愛美をまっすぐに見た。

「あたしだったら、世界で一番好きな人たちが、おたがいを好きになってくれるように努力するわよ。何年でも、何十年でもね。あきらめるのは、それからでもいいでしょ」

愛美はピンと海晴の額を弾いた。女のくせに、愛美のデコピンは、いままでされただれよりも痛い。力じゃなくて技なのよ、と、愛美はいばっていた。

だけど、いまは、痛い、と文句は言わない。

甘ったれて、人に頼ってばかりで、大事な選択すら愛美に任せようとした。

そんな自分を、それでも見捨てないでいてくれる。これは、愛美なりの愛情だ。

「そして、あたしが認めるぐらい男気がある人だったら、高村さんも、いま、その真っ最中じゃないのかしら。最近、セックスしてないからって、そんなに不安になってどうするのよ」

「最近じゃないよ」

海晴は笑った。ようやく、心から笑えた。

愛美は、あらら、と声を出す。

「それはそれは。大事にされてるの？　それとも、いまはやりのＥＤ？」

「はやってないでしょ、それ」

海晴はくすくすと笑い続ける。

「タイミングの問題かな」

「あんたが渋ってるんじゃなくて？」

「うん、ちがう。どうしてもね、うまくいかないんだ」

「ああ、なーるほど」

勘《かん》のいい愛美のことだ。それだけですべてを分かってくれたのだろう。

「だから、世界で一番好きな人なのね。おっかしいわねえ、有也くん、あんたのこと大好きなはずなのに、って思ってたけど、悩みのベクトルがちがったのか」

愛美は悔しそうに顔をゆがめた。

「あたしも、まだまだだわ」

「ううん、愛美ちゃんのおかげでいろんなことが分かった。ありがとう」

「どういたしまして」

愛美はにこっと笑うと、またデコピンをする。今度は海晴も反抗した。

「痛いよ！　だいたい、愛美ちゃんは暴力的なんだから、気をつけないと、彼氏さんが、旦那さんになる予定だった過去の人、になっちゃうよ！」

「あたしが手を出すのが愛情表現の代わりだって分からないバカなら、こっちから願い下げ。あ、海晴、十時よ」

愛美は時計を指さした。スーパーが開く時間。

そして、高村の家に行く時間だ。

「どうするの？」

「もちろん、行く」

行って、すべてに決着をつけよう。

高村が好き。

ただ、それだけ。

自分の気持ちは、本当にそれだけ。

だから、分かってほしい。

高村にも、そして、高村の一番大事にしている人にも。

ちゃんと分かってほしい。

じゃないと、進めない。

いままで、かならず邪魔が入ったのは、きっと、海晴も高村も、どこかで、有也に悪い、と思っていたから。

それを敏感に感じとった有也は、眠りが浅くなったり、熱を出したりしたのだろう。

どんな結果になっても、後悔しない。

たとえ別れなきゃならなくても、ほかのだれのせいにもしなくてすむ。

高村にふさわしいのは自分じゃなかった。

そうやって、あきらめられる。

「いい表情してんじゃない」

にこっと笑う愛美に、微笑み返して。

「ありがとうね、愛美ちゃん」

もう一度、心からお礼を言った。愛美は照れたような顔で、ただ黙っていた。

「わーい、海晴先生！」

ドアを開けると、有也が飛びついてきた。最近、有也は海晴にべったりとくっついて離れない。それは、何か感じるところがあるからかもしれない。

ごめんね、と海晴は心の中で謝った。

今日ですべて終わらせるから、ごめんね。

「有也くん、おなか空《す》いた？」

有也の髪を撫でながら、海晴は聞く。有也は、こくこく、とうなずいた。

「いっつもね、海晴先生がおいしいもの作ってくれるから、ぼく、すごく楽しみにしてるの。これからも、いっぱい作ってね」

「任せといて」

それは、うそになるのかもしれない。

だけど、いまの自分の正直な気持ち。

これから先も、お休みの日にはこの家にいたい。高村と有也と三人で、ゆっくりと過ごしたい。

「今日は何？」

「今日はね」

海晴はかがんで、有也と目を合わせた。

「有也くんもだーい好きな、お子様ランチ！」

「やったー！」

有也は、わーい、わーい、と飛び跳ねる。

「じゃあ、お出かけだね。でも、パパ、何も言ってなかったけどな」

ファミレスやデパートの食堂で、有也はかならずお子様ランチを頼む。だから、出かけるとかんちがいしたようだ。海晴は、じゃじゃーん、とお子様ランチプレートを出した。スーパーに行ったら、ちょうどこれが目について、その瞬間、お子様ランチにしよう、と思ったのだ。

三人そろって、お子様ランチ。

今日でお別れでも、そうでなくても、楽しい食事がしたいから。

みんなで子供のように、わいわいと騒ぎながら食べよう。

「ここにね、有也くんの好きなもの全部乗せてあげるよ。お昼までもう少し時間があるけど、待てる？」

「待てない！」

有也は元気よく答えた。海晴は苦笑する。

「じゃあ、有也くんには、別のものを作ることになるけど、それでいい?」

「やだ」

有也はぶんぶんと首を振った。

「お子様ランチがいますぐ食べたい!」

「あのね、有也くん。全部なんて選べないいんだよ」

そう、そんなこと分かってる。

でも、できれば、と思った。

できれば、全部を手に入れられますように。

無理かもしれないけど、祈るぐらいはしたい。

「お子様ランチか、いますぐか。どっちがいい?」

「もう、海晴先生はわがままなんだから」

有也はぶうっと頬をふくらませた。

「しょうがないから、お子様ランチにしてあげるよ」

「ありがと」

生意気だけど、それがすごくかわいい。今度のお休みの日から会えなくなったら、寂しくてたまらなくなるだろう。

海晴は有也をぎゅっと抱きしめた。

そうしたら、子供特有のお日様のような匂いがした。


「ねえ、有吾《ゆうご》さんもお子様ランチでいいよね？」

スウェットに分厚い眼鏡という、以前と同じ格好に戻ってしまった有吾がキッチンに現れた。きっと、それは、一線を引きたいから。海晴はそう勝手に考えて、勝手に落ち込んでいたけれど、ちがうのかもしれない。

その格好をしている間は、父親としての高村でいられるからかもしれない。

分からない。

聞いてみるまで、分からない。

そして、ここしばらく、海晴はそんなことすらしていなかった。

高村の気持ちが知りたかったら、質問してみる。

そんな単純なことすら。

「お子様ランチ？　それはまた、懐かしいものを」

高村が笑った。その笑顔がぎこちない。

ねえ、いま、何を考えてるの？

それを知りたくて、だけど、知りたくなかった。

もうやめよう、と言われるのが、怖かったから。

いまでも、もちろん、怖いけど。

でも、逃げたくない。

この人が、好きだから。

「有也くんの好きなもの、いっぱい乗せてあげるの。有吾さんは？　何か食べたいものある？」

「エビフライ」

高村はぼそりと答えた。

「俺、弁当とかで、エビフライが一番好きだった。つぎはポテトサラダかな」

「大丈夫。入ってる。ほかには？」

「ケチャップライス。チキンライスとかじゃなくてさ、グリーンピースしか入ってないやつあっただろ？」

「ああ、あったね」

海晴はうなずく。

どれだけ時間が流れても、そして、ちょっとずつ内容は変わっているかもしれないけど、基本的にお子様ランチの中身は変わらないらしい。

十七歳離れてようが、高村とお子様ランチの話題で盛り上がれる。

それが、嬉しい。

「じゃあ、それ作るよ。あと一時間ぐらいかかるから、その間、有也くん、なだめてて」

「無理。すっげー楽しみにして、さっきからベッドで飛び跳ねてる」

「あんまり体力使うと、有也くん、寝ちゃうからなあ。せっかく作ったのに、食べてくれないと悲しいよね」

「ま、そのうち落ち着くさ。それまでほっとけ」

「そうだね」

海晴は笑った。

「もし寝ちゃったら、お弁当っぽくしてもいいし。それなら、冷えてても平気でしょ」

「ああ」

高村は冷蔵庫を開けて、牛乳を取り出した。パックに口をつけて、そのまま飲む。

「あーっ！」

海晴はわめく。

「そういうことしないで、って、いつも言ってるのに！　有吾さんだけが飲むんじゃないんだよ。分かってる？」

高村はぽかんと海晴を見た。海晴は腰に手を当てて、高村をにらむ。

「返事は？」

「…悪かった」

ぼそりとつぶやくと、それから、高村は小さく笑った。

「海晴に怒られたの、久しぶりだな」

「そう？　もっと怒ろうか？」

分かってる。

高村の言いたいことは分かっているけど、海晴は気づかないふりをした。

それは、あとからでいい。

話し合う時間は、たくさんある。

「あと、笑ってるとこも」

高村は牛乳パックをしまうと、海晴の髪を撫でて、キッチンを去った。海晴はそのまま、へたり込みそうになる。

「…ばれてたんだね」

牛乳

愛美だけじゃない。

一番大切で、大好きで、どうしても一緒にいたい人にも、心配をかけていた。

海晴は両手をぎゅっと握りしめる。

だからこそ、決着をつけよう。

どんな結果になるにしろ、終わりにしよう。

最後になるかもしれないキッチン。それを眺めながら。

おいしくできたらいいな。

海晴はただそれだけを考えた。

高村も有也も喜んで食べてくれるぐらい、おいしくできればいいな、と。


エビフライにハンバーグ、鳥の唐揚げとポテトサラダ、小さなサンドイッチにケチャップライス、プリンにプチケーキ、そして、最後にケチャップライスに旗を立てた。お子様ランチの完成だ。

「できたよ！」

新幹線の形をしたランチプレートを運びながら声をかけると、有也が飛び出してきた。

「見せて、見せて！」

「だめ。ちゃんとお手々洗ってきたら、見せてあげる」

「じゃあ、パパにも見せちゃだめだよ！　パパ、お手々、洗いなさい！」

命令口調でも、かわいい。海晴はくすくすと笑った。有吾が寝室から顔を出す。

さっきまでとはちがって、シャツにチノパンに着替えていた。髪の毛もセットしてあるし、コンタクトになっている。ぽかんと口を開ける海晴に、高村は自嘲《じちょう》ぎみに笑った。

「なんか、話があんだろ？　だったらさ、だっさい俺じゃなくて、ちょっとはましな格好のほうがいいかな、って」

ああ、きっと、考えていることは同じなのだ。

これが、最後かもしれないから。

だから、海晴は心をこめて料理を作り、高村は小綺麗《こぎれい》な格好をした。

この感情を、どう表していいのか分からない。

悲しいのか、嬉しいのか、それすらも判断できないのだから。

海晴はただ微笑んで。

「かっこいいよ」

そう言った。

すごくすごく、かっこいいよ。
惚《ほ》れ直すぐらい、かっこいいよ。
だから、きっと、まただれか見つかる。
自分とはダメになったとしても、つぎを見つけられる。
そのときに、おめでとう、と言えればいい。
なんの曇《くも》りもない笑顔で。
海晴が作ったお子様ランチは、大好評だった。
食事の間はただ楽しくて、三人でずっと笑い合っていた。

# 5

後片づけも終わって、いつものように高村《たかむら》が食後の飲み物を入れてくれた。今日はシナモンティー。有也《ゆうや》には、オレンジジュースだ。

「おいしかったねー」

うっとりと反芻《はんすう》している有也を、海晴《みはる》は微笑んで見つめる。

また作ってあげるね。

それは、まだ言えない。

海晴は一口、シナモンティーをすすった。シナモンの香りが、ドキドキしている心臓を少し落ち着かせてくれる。そこまで考えて、高村はこれを入れてくれたのだろうか。

「話があるんだ」

自分でも驚くぐらいあっさりと、その言葉が出た。高村も覚悟していたのだろう。ああ、とうなずく。

「有也、パパと海晴はこれから…」

「ううん、ちがう」

海晴はぶんぶんと首を振った。

「話があるのは、有吾《ゆうご》さんにじゃないよ。有也くんに」

「…は？」

高村はまじまじと海晴を見る。海晴は微笑んだ。

「有吾さんも、そこで聞いてて。それで、有也くんにはまだ早い、とか、俺はそんなつもりじゃない、とか、これ以上聞かせたくない、とかなら、止めてくれていいから」

その瞬間、すべてが終わる。

クリスマスに両思いになって、そろそろバレンタインデー。一カ月ちょっとの、短いようで、だけど、とてもたくさんの思い出をくれた高村との関係も、そこで終了。

海晴は高村を見つめた。

好きで、好きで、好きで。

もしかしたら別れなきゃいけないかもしれない、そんなときになっても、まだ好きで。

こんなに好きになれる人、もう一生現れない。

だから、けじめをつけよう。

自分がしなきゃいけないことを、全部終わらせよう。

海晴は不安そうな顔で自分を見ている有也と、視線を合わせた。

髪も撫でない。抱きしめもしない。

五歳の子供としてじゃなくて、対等な立場で話さなきゃならないから。

「あのね、有也くん」

有也は黙ったまま、じっと海晴を見つめている。

「ぼくは有也くんが好きだよ。でもね、それと同じぐらい、ううん、そうやって逃げるのは卑怯だね」

海晴は微笑んだ。

「有也くんとはまたちがった意味で、有也くんのパパのことが好きなんだ」

高村からの言葉はない。海晴は言葉を続けた。

「有也くんは、保育園に好きな子いる？」

「いっぱいいる」

有也は小さな声で答える。それから、いろんな子の名前を挙げていった。海晴はくすりと笑う。

「それは、どんな好き？」

「分かんないよ。海晴先生、むずかしいこと聞かないで」

「そうだよね」

海晴は、ごめんね、と素直に謝った。

「じゃあ、ぼくの話を続けるね。ぼくはね、前にきみのママが好きだったみたいに、パパのことが好きなんだ」

実際は、高村の奥さんが、高村のことを好きだったことはない。だけど、それが一番分かりやすいと思ったのだ。だけど、そう言ったら、有也は泣きそうに顔をゆがめた。

「…ママはパパのこと、好きじゃなかったよ。海晴先生もそうなの？」

小さな声。

知ってたんだ。

離婚したのは、有也がまだ幼かったときのはずなのに。そして、高村が奥さんの悪口を有也に言うはずもないのに。

それでも、分かってたんだ。

震える有也を、思わず抱きしめてしまいそうになる。

「海晴先生も、パパを捨てるの？」

「うーんと、じゃあ、ちょっと待ってね」

海晴は考えた。

「ああ、そうだ。パパのおじいちゃんとおばあちゃん、覚えてる？」

「覚えてる！」

有也の顔が、ぱっと明るくなった。

「あのね、毎日、泥んこになって遊んでも怒られなかったの。おじいちゃんはいろいろなところに連れてってくれたし、海晴先生ほどじゃないけど、おばあちゃんはお料理がうまかったよ」

「おじいちゃんとおばあちゃんは、仲良しさん？」

「うん、すごく仲良しさん！」

有也はにこにこと笑う。海晴も同じように笑った。

「じゃあ、そのおじいちゃんとおばあちゃんみたいに、ぼくはパパのことが好きなの」

「よかったあ」

有也はほっと両手を胸に当てた。そんなしぐさすら、かわいい。

いつから、この子をこんなに愛しく思うようになったのだろう。

「じゃあ、パパのこと捨てないね」

「捨てない、とかじゃなくてね」

海晴は深呼吸をした。

どうか、神様。

ちゃんと、言葉にできますように。

笑いながら、言えますように。

「…家族になりたいんだ」

海晴の視界が曇ってくる。

泣いてる場合じゃないのに。

有也の顔が見たいのに。

どういう表情なのか、知りたいのに。

涙が止まらない。

「パパと有也くんの二人だけでも楽しく暮らしてるのは知ってる。でも、ぼくが入ったらダメ？」

手が震える。体温が下がっていくのが分かる。

だけど、言わなきゃ。

有也に、ちゃんと伝えなきゃ。

「パパはね、有也くんのことが世界で一番大好きだよ。だけど、二番目でいいから、ぼくにくれない？　有吾さんと…」

ふわり、と体に手が回された。海晴は震える手で、それにしがみつく。

温かい、いつも自分を包んでくれる手。

「有吾さんと有也くんと、三人で家族になりたいんだ」

「どこか痛いの？」

有也の声がして、よしよし、と頭を撫でられた。その瞬間、海晴は泣き崩れる。

「ごめんね…。有也くんのものなのに、有吾さんを好きになっちゃった。ホントにごめんね…」

高村の腕の力が、強くなった。

好きでいていいの？

有也に反対されても、まだ恋人でいてくれるの？

この腕は、その証《あかし》だと思っていい？

「困ったねー」

有也のとまどったような声がした。海晴は涙を拭いて、有也の姿を探す。

まだ無理なら、待てばいい。

有也が認めてくれるまで、高村との関係を進展させなければいい。

だから、ちゃんと聞こう。

有也の表情を見ながら。

有也は腕を組んで、うーん、と首をかしげていた。

「海晴先生って、男の人だよね？」

うん、だから、結婚できない。お母さんにもなれない。兄弟を生んであげることもできない。

やっぱり、無理だったんだ。

海晴の心が、絶望感でいっぱいになる。

いくらなついてくれてても、そんな家族は欲しくないんだ。

「じゃあ、パパが二人になるの？」

え？

海晴は信じられないものを見る思いで、有也に目を向けた。

…いま、なんて言ったの？

なんて、言ってくれたの？

「それとも、海晴先生がママになってくれる？　だってね、パパって呼んだときに、二人ともに返事されたら、ぼく困っちゃうよ」

認めてくれるの？

海晴は顔を手で覆った。

こんなぼくを、家族にしてくれるの？

一緒にいてもいい、って、言ってくれるの？

「あ、そうだ！　パパ一号、とか、パパ二号、とか…。やっぱり、呼びにくいなあ。あれ？　海晴先生、どうしたの？」

「…家族になってもいい？」

海晴は手を伸ばして、有也をぎゅっと抱きしめる。

「ぼくは、家族になってもいいの？」

「もう、海晴先生は鈍いんだから」

ふわり、と、小さな手が海晴の首に回った。

「ぼくはずっと、海晴先生が家族になってくれたらいいのにな、って思ってたよ。そんなことも分からないなんて、子供だね」

いつもの生意気な口調。だけど、涙が止まらなくなる。

「…ありがとう」

たくさんの人に、ありがとう。

愛美にも、有也にも、そして、だれよりも高村に。

心の底から、ありがとう。

「で、海晴先生は、パパなの？　ママなの？」

「有也くんが卒園するまでは、先生だからね。あと一年後に決めない？」

「いいよ！」

有也がぱあっと花が咲いたように笑った。

「一年たっても、海晴先生は家族だってことでしょ」

「…そうだよ」

高村の腕はゆるまずに、しっかりと海晴を抱きしめていてくれる。

これが、高村の答え。

だから、海晴は安心して答えた。

「一年後も、そして、それからずっと先も、家族でいるよ」

「わーい、わーい、わーい！」

有也は海晴から離れると、ぴょんぴょん、とそこら中を飛び跳ねる。

「これで、パパもカイショナシじゃなくなった！」

「…だから、おまえは、どこでそんな言葉を」

そうつぶやいた高村の声は、かすれていた。

それで、十分。

それだけで、本当に幸せ。

「…大好き」

海晴は高村の腕をつかんだまま、そっとささやいた。

涙が、高村の腕に、ぽつり、とこぼれた。


「いいか、有也」

高村は海晴の腕をつかんで、立ち上がった。

「パパと海晴は、これから家族の儀式を行う。邪魔をするな」

「はーい！」

有也は元気に返事をする。それから、首をかしげた。

「あれ？　でも、ぼくはそのギシキってしなくていいの？」

「それはな、有也」

高村がしゃがんで、有也と視線を合わせる。

「有也が大人になって、新しく家族となる人とすればいいんだよ。分かったか？」

「分かんないけど、分かった！」

有也は、こくこく、とうなずいた。

「パパは海晴先生と内緒《ないしょ》で何かしたいんでしょ？」

「有也はかしこいな」

高村は苦笑する。

「ま、そういうことだ。ただし、困ったことがあったら、遠慮なく呼びに来い」

「大丈夫」

有也はにっこりと笑った。

「ぼくね、海晴先生のおいしいお子様ランチ食べすぎて、おなかいっぱいなの。すぐにおねむになっちゃうだろうから、お昼寝するね」

「そうか」

高村はぐしゃぐしゃと有也の頭を撫でる。有也は、もーっ！　と頬をふくらませた。

「そんなにしたら、いつものパパみたいにぼさぼさになっちゃうでしょ。ぼくが保育園でもてなくなって、カイショナシになったら、どうしてくれるの？」

「気にするな」

高村はにやりと笑った。

「パパだって、甲斐性なしを卒業できたんだ。有也なら、心配ない」

「そうだよね」

有也は、えっへん、といばる。

「ぼく、パパよりいい男だもんね」

「ああ、いい男だ」

「じゃあ、海晴先生」

有也は海晴のほうを見た。

「パパに飽きたら、ぼくにしなね」

ぽかん、と口を開けている高村と海晴に手を振ると、有也は寝室に入った。残された二人は顔を見合わせて、それから、吹き出す。

「有也くん、将来、絶対に大物になるよね」

「その前にライバルになりそうで怖えんだけど」

「それはないよ」

海晴は微笑んで、首を振った。

「有也くんがぼくをそういう意味で好きになることはないだろうし」

何か反論しかける高村の唇を、海晴は指でそっと押さえる。

「もし万が一、そうなったとしても、ぼくは有吾さんが好きだから。ずっとずっと、そうだから。心配しないで」

「俺もだよ」

高村は優しい顔で笑うと、海晴をぎゅっと抱きしめた。

「家族になろう、って海晴が言ってくれたときな」

高村は海晴の耳元でささやく。

「俺、いま死んでもいいかも、って思った。世界で一番幸せだと思ったこの瞬間なら、死んでも悔《く》いがないかも、ってな」

「だめだよ」

海晴がいたずらっぽく笑った。

「悔いなんて、残るに決まってるでしょ。有吾さん、忘れてるかもしれないけど」

「やってない？」

「そうだよ。してないよ。なのに、死んでもいいの？」

「うん、それを思い出したからさ。ああ、やっぱ、死ねねえや、って。それに、これから先、ずっと海晴と幸せに過ごす予定なのに、のんきに死んでなんかいられねえよな」

のんきに死ぬっておかしくない？　と思ったけど。海晴は、そうだよ、とうなずく。

「これから、ずっとずーっと、一緒にいるんだから。長生きしてくれないと困る。じゃないと、ぼく、未亡人《みぼうじん》になっちゃうよ？」

「あ、それ、ちょっとそそるな」

高村はにやりと笑った。

「喪服着た海晴が、主人が死んだばかりなのに、やめてください！　とか抵抗してんの」

「…だれにされるの？」

「俺」

「じゃあ、だれが主人なの？」

「俺」

「無理がある設定だね」

海晴は肩をすくめる。

「せめて、どっちかは別の人じゃないと」

「海晴をだれかにやれるわけねえだろ」

高村は海晴をぎゅっと抱きしめた。

「髪の毛から足の爪先まで、全部俺のものだ」

うん、そうだよ。

本当に、そうだよ。

「だから、おまえを俺のものにしていいか？」

「…ぼくは、有吾さんのものになっていい？」

海晴は高村を見上げる。

「幸せに、なってもいい？」

「世界で一番、幸せになろうぜ」

高村は客間のドアを開けると、海晴の腕を引いた。ドアが閉まった瞬間に、どちらからともなくキスをする。

甘い甘いキスだった。

体も心もとろけてしまいそうな、そんなキスだった。


「んっ…あっ…」

両方の乳首を指でなぶられて、海晴は体をのけぞらせた。

「やぁっ…そこ…」

「ここが、どうした？」

高村が海晴の乳首をそそり立たせる。ぷくん、とふくらんだ乳輪を、ぎゅっとつままれた。

「気持ちいっ…」

乳頭は、つん、と突き出ている。指の腹でこすられると、乳首がふるふると震えた。

「気持ちいいのか？」

高村はつまんだ乳首に舌を這《は》わせる。指と舌で同時になぶられて、海晴の体が、びくびくっ、と跳ねた。

「やぁっ…おかしくなっちゃ…」

「そういや、ここだけでイケるんだもんな、海晴は。やーらしい体、しやがって」

「やらしいの…いや…？」

海晴は潤んだ目で高村を見る。

「気持ちよくなっちゃうの…だめ…？」

「だめじゃねえし、どんどんやらしくなれ」

高村は、わざとのように、ちゅう、ちゅう、と音を立てながら、乳首を吸った。

「言ってるそばから、乳首が硬くなってやがる。これから、毎日のようにいじって、ここに触れただけで勃つようにしてやるからな」

「やだっ…」

海晴はぶんぶんと首を振る。

「やだ、も、くそもねえ。こんなに敏感な乳首してんだ。開発しないほうがおかしいだろ」

「でもっ…」

海晴は高村の手をつかんだ。

「保育園でっ…たまに子供たちにっ…」

「…いじられてんのか？」

高村の声が低くなった。海晴はためらいがちにうなずく。

「寝てるときとかっ…お母さんのおっぱいとまちがえるみたいで…」

「海晴は、このやらしい乳首を」

高村は言葉と同時に、海晴の乳首を左右から押しつぶした。ぴょこん、と飛び出した乳首が、高村の指の間から見える。

「あっ…いやぁっ…」

乳首がじんじんして、何も考えられない。海晴はぶんぶんと首を振った。

「俺以外に触らせたことがあるのか？」

「一瞬…だけぇ…」

それに、自分だけじゃない。女の先生も、みんな一度はされたことがある。子供たちに、そんな意図はない。高村が怒ることじゃない。

一生懸命言い募《つの》るのに、高村は乳首をつまんだまま、見えている乳頭に交互に舌を這わせた。ちろちろと舐められて、海晴は思わず、高村の頭を抱きしめる。

「もっと、してほしいのか?」

「あっ…ちがっ…」

ちがわないかもしれない。もっと、してほしいのかもしれない。

「だったら、二度と、俺以外に乳首を触らせるな」

「もっ…しないからぁ…」

海晴はこくこくとうなずいた。高村はそれでも不満そうだ。

「俺より先に、海晴の乳首を触ったやつがいるんだな?」

「子供…だよ…?」

海晴の必死の言い訳にも、高村は納得しない。

「んで、海晴はいじられて感じたのか?」

「感じてないっ…あっ…ああっ…」

また乳頭を舐められた。今度は少し、歯も立てられる。

「いまみたいに、かわいい声であえいだのか?」

「あえいで…ないっ…」

海晴は首を振って、否定した。

「有吾さんだけっ…」

本当だから、信じて。

お願いだから、怒らないで。

「こんなになっちゃうの…」

海晴はじっと高村を見つめる。

「有吾さんが…いじってくれるときだけだよ…?」

「こんなにって?」

高村が不機嫌そうなのか、それとも、意地悪なのか分からない口調で聞いてきた。

「具体的に言ってくれないと分かんねえな」

「乳首っ…いじられただけで…イキそうになっちゃうぐらい…気持ちいいのっ…」

海晴は真っ赤になりながら、それでも言葉にする。

「有吾さんがっ…触ったところから…とけちゃいそうなのっ…」

「むかつく」

高村はようやく笑った。

「すげーかわいくて許してやりたくなった。ホント、むかつく」

「有吾さんがっ…好きっ…大好きっ…」

海晴は回らない舌で、どうにか告げる。

「有吾さんならっ…何してもいいからっ…」

「んじゃ、ぼくの乳首、開発してください。もっとやらしくしてください、って言ってみな。そしたら、許してやるし」

高村は、ちゅっ、と軽くキスをした。

「イカせてやるよ」

「ぼくのっ…やらしい乳首をっ…」

海晴は高村から目をそらさずに言う。

「もっと…やらしく開発してぇ…。有吾さんのっ…好みに開発して…?」

「降参だな」

高村はようやく乳首を離すと、両手を挙げた。

「俺の嫉妬深さもどっか行くぐらい、かわいい。俺だけのものか?」

「有吾さんだけだよ…」

海晴は微笑む。

「これから先も、有吾さんしかいないよ?」

「じゃあ、イカせてやる」

高村はまた乳首をつまむと、さっきよりも強く速く、そこをこすり始めた。反対側は舌と唇で、もう一本の手は海晴自身に。

「いやぁぁっ…」

解放は、すぐだった。

海晴は悲鳴を上げながら、白い欲望を吐き出した。


「やっ…やぁっ…」

ローションで濡れた指が、海晴のいい部分をこすり続けて。さっきイッたばかりだというのに、海晴の先端には透明な液体が浮かんでいる。

「海晴の中、やわらかくなってきたぞ」

「言わないでぇ…」

海晴は、だけど、大きく広げた足を閉じようとはしない。少し顔を上げれば、高村の指が自分の中を出入りしている様子が見えた。

見ていたい、と思う。

これから、高村に抱かれる。

何度も何度も、しようとして。

何度も何度も、途中でだめになった。

大好きな人と体を重ねる。

ただ、それだけが難しくて。

だけど、こんなに単純なことだったんだ、と思う。

有也に認めてもらってから、堂々とセックスをすればよかったのだ。

たとえ、いま有也が、おしっこ、とドアをノックしても。高村は裸のまま外に出て、有也をトイレに連れていき、そして、またここに戻ってくる。

海晴はそれを待っていて、高村が戻ってきたら再開すればいい。

高村の指が、二本に増えた。動くたびに、ぐちゅ、という音が漏れる。奥までえぐられて、海晴は体をこわばらせた。

かすかな痛み。だけど、それはすぐに快感に変わる。

「こんなもんじゃないぞ」

高村は指をゆっくりと動かしながら、ささやいた。

「俺のは、もっとでかい。痛いだろうと想像はできる。けど、やめるつもりはない」

「うん…やめないで…」

また感じる部分をこすられて、海晴の声が甘くなった。

「あっ…そこっ…気持ちいっ…」

「俺に抱かれても、そのセリフを言ってくれればいいんだけどな」

高村は内壁を広げるように、指を中で開く。ぐるり、と周囲をこすられて、海晴は体をのけぞらせた。

「入れていいか？」

高村は指を引き抜いて、そう聞く。指を抜かれる瞬間、少しだけ入り口の粘膜をこすられて、海晴の体を快感の芽のようなものが走り抜けた。

まだ快感じゃないけど、そのうち快感になりそうで。

大丈夫、と海晴は思う。

痛いだろうけど、緊張もするだろうけど。

怖くない。

いつか、高村に抱かれて、快感だけを感じられるようになる日が来る。

だから、絶対に大丈夫。

「うん」

海晴はにっこりと微笑んだ。

「入れて…。ぼくも、有吾さんが欲しい…」

高村は海晴の頬を撫でると、そのまま手を滑らせて海晴の足をもっと大きく開かせた。蕾を指で左右に割って、高村自身を当てる。

「すごい…ね…」

海晴はその光景を見ながら、そっとつぶやいた。

「ホントにするんだ…どうしよう…」

ん？ と優しい表情で海晴を見る高村に、海晴は笑顔を向ける。

「嬉しい…」

「だからな」

高村は、はあ、とため息をついた。

「そういう、かわいいこと言うからいけないんだぞ」

高村はその言葉とともに、ぐいっ、と自身を突き入れた。あまりの痛みに、海晴は声も出ない。唇を噛んで、悲鳴をこらえる。

「痛いだろ？」

「痛いっ…けどっ…」

高村が少しだけ腰を引いた。ほっとしたのもつかの間。

「あぁぁっ…」

もっと奥まで埋め込まれる。高村自身にもローションが塗ってあるのだろう。ぬるついているせいか、中で引っかからない。

「あっ…ああっ…有吾さっ…」

「いまさら、やめて、は聞かねえからな」

高村のものが、どんどん中に入ってきた。

熱い塊。

それが、海晴をうがつ。

最初はゆっくりだった動きが、だんだん速くなる。高村のものが、海晴の感じる部分をこすった。

指とはちがう感触。

「んっ…ああっ…」

海晴の声が悲鳴じゃなくなったのに気づいたのか、高村がそこを重点的にこすり始める。

一番太い部分が当たるように動かされて、海晴の内壁がひくついた。

「どっ…しよ…」

海晴はシーツをぎゅっとつかむ。

「気持ち…いいかもっ…」

「それのどこが、どうしよう、なんだ?」

「だってっ…初めてなのにっ…」

ぐちゅ、ぐちゅ、という音が大きくなった。高村の動きが激しくなってきたのだ。

なのに、もう痛みはない。

「初めてで感じてくれたら、俺は嬉しいけどな」

高村はにやりと笑った。

「これからも、遠慮せずにできるし。痛みはないのか?」

「ない…みたい…やぁっ…」

奥を、ズン、と突かれて、海晴は高村にしがみつく。

「いいっ…有吾さん…気持ちいいっ…」

「みたいだな」

最初、高村が入ってきたときには萎えていた海晴のものが、勃ち上がり始めていた。高村は、それに手を伸ばす。

「どうせなら、一緒にイクか」

高村は海晴の中をえぐりながら、ささやいた。海晴は、こくん、とうなずく。

可能ならば、それがいい。

高村と、一緒がいい。

「じゃあ、もうちょっと我慢しろ」

ガン、ガン、と奥をつつかれて、海晴のあえぎ声がひっきりなしに漏れた。

「あっ…いいっ…好きっ…大好きっ…」

「イクぞ」

その瞬間、高村が中でぶるりと震えて。海晴の中に、温かいものが注ぎ込まれる。ほとんど同時に、海晴も高村の手の中に欲望を吐き出した。

「夢みてえ…」

海晴の上にかぶさって、そんなことをつぶやく高村の体をぎゅっと抱きしめながら。

夢じゃないよ、とささやいた。

これは、現実なんだよ、と。

「けど、プロポーズは俺がしたかったな」

高村がキスをしながら、悔しそうに言った。海晴は笑う。

「じゃあ、いまからする？」

「ちがうんだよ」

高村は首を振った。

「もうさ、完全に俺の負けじゃねえ？　俺は、海晴が、話がある、って言ったときに、ああ、別れるんだろうな、って思った。それもしょうがないか、って。有也にも海晴にも、両方にいい顔したい、って考えて、で、結局、海晴のほうを置き去りにしてた自覚はあったし。もしかしたら、この先何年もセックスできないかもしれない、とかも」

「ぼくも思ったよ」

海晴は高村に抱きつく。

「別れたほうがいいのかな、って。そしたら、有吾さんは有也くんと二人で仲良く暮らせるし、有也くんが保育園にいる間はつらいかもしれないけど、一年ぐらい我慢すれば顔を見なくてもすむ。だから、傷が浅いうちに別れよう、って。でもね、愛美ちゃんに、そんなの人間のクズだって言われたんだ」

海晴は愛美との会話を、高村に説明した。高村は、あーあ、とため息をつく。

「愛美先生が、一番大人だな。俺のほうが年上なのに、情けない」

「でも、そんなものだと思う」

海晴はちゅっと高村にキスをした。

「恋してるときは、周りとか見えなくて。ちゃんと筋道立てて物事も考えられなくて。つらいから、もうやだ、ってあきらめかけてた。絶対に後悔すること分かってたのに」

「俺も、こんなにつらいならやめちゃおうかな、って投げ出しかけてたよ。好きなだけじゃどうしようもない、って自分に言い聞かせながらな。それか大人の分別だ、って。けど、全然、大人じゃねえな」

「うん、大人じゃない」

海晴はうなずく。

「でも、それでいいんじゃない？　おたがい子供だから、いっぱい悩んで、成長していけばいいんだよ。有吾さんは、有也くんが一番でしょ？」

「…定義による」

「じゃあ、ぼくと有也くんが、有吾さんから同じ距離にいます。二人の前に、ライオンがいます。いまにも食べられそうです。どちらかしか助けられません。だとしたら、どっちを選ぶ？」

「有也を選ぶ」

なんの迷いもなく、高村は答えた。海晴は微笑む。

「そんな有吾さんだから、ぼくは好きになったんだよ」

子供を一番大事にする人だから。

愛情を、たくさん持っている人だから。

好きになった。

だから、ずっと、そのままでいてほしい。

「で、有也が就職するまで困らないぐらいの金ができたら、海晴のあとを追う」

「…え？」

海晴はぱちぱちと目をまたたかせた。

「有也は大事だ。世界で一番か、と聞かれれば、俺はうなずく。けど、世界で一番愛してるのは、海晴だ。海晴がいなきゃ、生きてる意味がない。見殺しにしたんなら、もっとだ。だから、海晴のあとを追う。ちゃんと待っててくれるか？」

「死んでも、ぼくを離してくれないの？」

冗談っぽく。だけど、視界がかすんでいく。

海晴は高村の胸に顔を埋めた。

「ずっとずっと、一緒なの？」

「いやか？」

「いやじゃない」

海晴はぶんぶんと首を振る。

「すごく嬉しい。ねえ、それ、プロポーズだと思っていい？」

海晴は涙を拭いて、高村を見上げた。

「ぼくと死ぬまで、そして、死んでからもそばにいてくれる、ってことでしょ？」

「ああ、そうだな」

高村は海晴を抱きしめる。

「そういうことだな」

つぶやく高村に、海晴はそっとささやいた。

「ぼくを家族にしてください」

これは、自分からのプロポーズ。きっと、高村も分かってくれる。高村は、案の定、優しく笑って。

「はい、します」

そう答えてくれた。それから、海晴を見つめる。

「死ぬまで、そして、死んでからも、俺のそばにいてください」

「…はい、います」

高村からのプロポーズに、海晴は晴れやかな笑顔でうなずいた。

「んじゃ、プロポーズもしたことだし、初夜に突入だな」

くるり、と体勢を引っくり返されて、海晴は首をかしげる。

「初夜？　それは、もう終わったでしょ？」

「あのな、海晴、いいこと教えてやろうか」

高村がにやりと笑った。

「セックスは一回だけしかしちゃいけない、って決まりはねえんだよ。ついでに、二カ月近く、ずっとお預けだったたんだ。限界まで挑戦しようぜ」

「え？　ちょっと待って…いやぁっ…」

さっきまで高村が入っていた中に、指が入れられた。まだやわらかいままのそこは、簡単に指を飲み込む。

「ほら、海晴だってひくついてんじゃねえか。やりたいんだろ？」

「ちがっ…」

「ちがうのか？　やりたくねえのか？」

「…ちがわない」

海晴はささやくような声で答えた。高村が、やっぱりな、とうなずく。

「まだ若い海晴が、一回だけで満足できるわけがないし。浮気されても困るから、ここでしっかりしつけとかないとな」

「しないよ！」

海晴は叫んだ。

「有吾さんしか好きじゃないのに、どうして浮気なんかするの!?」

「ガキに乳首いじられて、感じてたくせに」

「感じてないっ！」

海晴はばたばたと手足を動かす。

「それを取り消さなきゃ、しない！　ぼくは浮気なんかしないし、有吾さん以外に触られても何も感じないって認めなきゃ、これからもずっと拒否してやるっ！」

「できるなら、すれば？」

高村は指で海晴の一番感じる部分をつついた。そのまま、指で押さえてこすり始める。

「やっ…しないん…だからぁ…あっ…ああっ…」

海晴は体をのけぞらせた。突き出た乳首を、高村がちゅっと吸う。

「こうやって、園児に吸われたのか?」

「吸われて…いやぁっ…ないっ…」

海晴は必死で言い募る。

「ぼくのっ…んっ…乳首吸ったことあるの…だめぇ…有吾さんっ…だけっ…」

「じゃあ、こうやって転がされたのか?」

つん、と突き出た乳首を、高村は指で回し始めた。海晴はぶんぶんと首を振る。

「だれにもっ…させてないからぁ…」

「ホントだな?」

「ホントだからっ…信じてぇ…」

潤んだ目で見つめたら、高村が、はあ、とわざとらしくため息をついた。

「しょうがないから、信じてやるか。けど、これからはだれにも触らせるんじゃねえぞ」

しょうがないから、って何!? とか。

信じてやる、とかなら、もういいよ! とか。

なんで命令口調なの!? とか。

言ってやりたいことは山のようにあるはずなのに。

「…うん」

なぜか、海晴はうなずいていた。

高村は、ごほうび、と言って、海晴の中に自身を突き入れた。


そのあとは、有也が呼びに来るまで、ずっとセックスをしていた。

涙が出るぐらい、幸せな時間だった。


「もー、パパ、ずるいよ！」

有也が高村の足を、ドンドン、とたたいた。

「海晴先生、一人占めしてばっかなんだから！　ぼくだって、海晴先生とおしゃべりしたいのに！」

「だーめ」

高村は海晴を抱きしめたまま、有也を見下ろす。

「パパと海晴は新婚さんなの。新婚さんは、ずっとくっついてるものなんだから」

「じゃあ、ぼくも海晴先生と、シンコンサンになる！」

「あ、それいいね」

海晴はにっこりと笑った。

「有吾さんとぼくが新婚さんで、ぼくと有也くんも新婚さん。というわけで、抱っこしてあげるよ。おいで」

わーい、と言いながら、有也が海晴の膝の上に座る。高村が、うっ、とうめいた。

「二人分はきついだろ」

「有也くんに意地悪するからだよ。ねー、有也くん」

「ねー、海晴先生」

海晴と有也は、顔を見合わせて笑う。

「海晴はどっちの味方なんだよ」

ぶつぶつとつぶやく高村に、海晴はそっとささやいた。

「夜のぼくを独占してるんだから、お昼ぐらいはいいでしょ」

「…俺は独占欲が強いんだよ」

そう言いながらも、ようやく高村は海晴を離す。

「有也、しょうがねえから、海晴、貸してやる」

「貸してくれなくても、ぼくたち、シンコンサンだもーん」

有也は、べーっと舌を出した。

「パパの許可なんか、いらないもんね」

「ほー、そういう生意気な口きくと、今日のメシは俺が作るぞ」

「パパ、ごめんなさい！」

有也は即座に謝る。

「ぼくが悪かったから、ごはんは作らないで」

「すげー複雑」

高村はため息をついた。

「勝ったはずなのに、全然勝った気がしねえ」

海晴はぷっと吹き出す。本当に、この二人の会話は聞いてて飽きない。

三人で家族になってもいい？

その言葉に有也がうなずいてくれた日から、暇さえあれば、海晴はここに来ていた。仕事がある日は夕食だけを作りに来るし、休みの前日はかならず泊まる。高村と甘い時間を過ごしたつぎの日は、有也と遊んだり、買い物に行ったり。

客間は、いまは高村と海晴の部屋になっていた。

幸せ、という言葉を実感する日々。

「ねえ、海晴先生は、いつ引っ越してくるの？」

有也の言葉に、海晴は、うーん、と首をかしげる。

「そうだね。来年のいまごろかな」

「長いねー」

有也はため息をつく。

「ぼく、早く海晴先生に来てほしいよ。こないだもね、パパ、パンをこがしちゃって。朝ごはん、ゆで卵だけだったんだよ。セイチョウキの子供に、ひどいことするよね」

「おまえは、まだ成長期じゃない」

高村は苦々しげにつぶやいた。

「それに、ゆで卵は栄養がある。あと、忘れてるかもしれないが、ちゃんとおかゆをつけてやっただろ」

「あ、そうだった！」

有也はパンと手をたたく。

「お湯であっためるだけのおかゆ。でもね、ここだけの話だけどね、パパが作るのよりもはるかにおいしいんだよ」

「有也、全然、ここだけの話、になってねえぞ。丸聞こえだ」

「わざとだもーん」

有也はにこっと笑った。

「これはね、パパに対するいやみなの」

海晴はさっきからずっと、笑いっぱなしだ。

「ったく、だれに似たんだか、性格悪いな」

「パパにそっくりだって、みんな言うよ。だから、パパ」

「俺は、もっと素直だったぞ」

「きっとね、パパが小さかったころは、素直って意味がちがってたんだよ。パパはヒトムカシマエの人だからね」

「もう、だめー！」

海晴は有也を膝から降ろすと、そのまま転げまわって笑い出した。

「おかしすぎる！　なんで、普通の会話がそんな感じなの？」

「え、いつもこうだよ？」

「いつも、こうだけどな」

普通の親子というものは、みんな、こうなのだろうか。自分ではもう経験できないそれを、だけど、残念だとは思わない。

有也がいれば、それでいい。

「それより、海晴先生、引っ越しはもっと早くならないの？　ぼく、ごはんだけじゃなくて、ずっと海晴先生にいてほしいよ」

「一年なんて、あっという間だよ」

海晴は有也の頭を撫でた。

「そのあとは、ずっと一緒。そしたら、有也くんだって、もういやだ！　って思うかもしれないしね」

「そんなことないよ！」

有也は、ぶんぶんと首を振る。

「ぼくはね、五年間もパパと暮らしてるんだよ？　我慢強さだけなら、だれにも負けないんだから」

「有也、そろそろおしおきするか？」

「どうして？　ホントのことでしょ」

有也は負けていない。

「まったく家事ができないパパと一緒にいてあげてるんだから、ぼくはえらいよ。そして、そんなパパを大好きなんだから、もっとえらいと思わない？」

はい、有也くんの圧勝。

黙ってしまった高村を見て、海晴は心の中で思った。

高村が惜しみない愛情を有也に注いでるように、有也だって高村を愛してる。

だから、二人がどれだけ言い争っていても、安心して見ていられるのだ。

いつか、と海晴は思った。

いつか、その仲間に入れればいいな。

有也が生意気なことを、自分にも言ってくれるようになればいいな。

そんなことを考えていたら、いつの間にか話題は変わっていたらしい。

「海晴先生はおかしいよね。パパみたいに、海晴って呼べばいいかな?」

「おまえにゃ、百年早い」

「あのね、パパ。ぼくはあと百年したら、死んでると思うんだ」

「そうだな。だから、死んでも呼ばせない」

「じゃあ、何がいい?」

「本人に聞けば?」

高村はにやりと笑いながら、海晴を指さした。海晴は首をかしげる。

「どうしたの?」

「ん、有也が卒園して、海晴に先生つけなくてもよくなったら、なんて呼ぼうか悩んでるんだってさ」

「なんでもいいよ」

海晴は優しく言った。ホントに!?　と有也は目をきらきらさせる。

「あのね、あのね、いろいろ考えたの。ミハルマンとかどう?」

「…もっと普通なのがいいなあ」

そういえば、日曜の朝、有也はずっとテレビにかじりついていた。特撮ものから来た呼び名だろう。

「じゃあ、ミハルンジャー?」

「…それも普通じゃないと思う」

「ミハルキーック!」

「必殺技の名前だよね?」

「ミハルビーム?」

「それも」

「もう、海晴先生もパパみたいにわがままなんだから」

有也はぶーっと唇をとがらせた。

「ぼく、がっかりだよ」

「そうだぞ。なんでもいいって言ったんだから、有也が考えたやつの中から選べよな」

高村がよけいなことを言う。海晴は高村をにらんだ。

「だって、外で呼ばれたら困るでしょ！」

「俺の苦労が分かったか」

勝ち誇ったように言う高村に、海晴はかすかにうなずく。

「ちょっとだけね」

「ママもパパ二号もいやだって言うしさ」

有也はまだぶつぶつとつぶやいている。

「あ、そうだ」

パンと両手を合わせて、有也は得意そうな顔になった。

「保育園でも呼ばれてるから、海晴ちゃんってのはどう？」

「…まあ、それがいいかな」

これ以上考えさせると、ろくな呼び名になりそうにない。

「じゃあ、来年から海晴ちゃんって呼ぶね。わーい、わーい！」

有也はぴょんぴょんと跳ねた。高村が不思議がる。

「何がそんなに嬉しいんだ？」

「だって、海晴先生って呼ぶよりは、もっと家族みたいでしょ。ぼく、海晴先生と早く家族になりたいな」

海晴は有也をぎゅっと抱きしめた。

有也には、きっと、一生かなわない。

自分も、高村も。

迷いも悩みも苦しみも、有也の一言が全部吹き飛ばしてくれる。

「ありがと…」

「あ、いま家族じゃないって言ってるんじゃないからね！」

「分かってる。だから、ありがと」

「どういたしまして」

有也はにっこりと笑うと、そっと海晴だけに聞こえるようにささやいた。

「パパがにらんでるよ。おしおきされるの？」

「されるかもしれないね」

海晴ちゃんとか呼ばせせんじゃねえよ。

言われることなんて、いまから予想がつく。

俺より有也のほうが大事なんじゃねえだろうな。

そんなの、比べられるはずがないのに。

好きなのは、高村だけなのに。

「おしおき、平気?」

「平気じゃないけど、我慢する」

ホントは、たくさんおしおきしてほしい。

愛してる、と分からせてほしい。

「海晴」

高村の低い声が響いた。有也が、首をすくめる。

「ぼく、お部屋に行ってるね!」

逃げ足だけは早い有也は、いまは自分一人のものになった寝室に駆け込んだ。それを見届けてから、海晴は高村を見る。

「何?」

「分かってるだろ」

高村は海晴の手をつかむと、立ち上がらせた。

「おしおきだ」

「いっぱい、してくれる?」

海晴が耳元でささやいたら、高村はにやりと笑う。

「悪い子だからな、海晴は。たくさん、おしおきしてやるよ」

「…嬉しい」

海晴は高村に抱きついて、キスをねだった。

恋人からのキスを。

目を閉じて。


あと一年。

短いのか長いのか分からないその期間が過ぎたら、家族ができる。

かわいいけど生意気な子供。

優しいけど意地悪な伴侶《はんりょ》。

大変なことも、たくさんあるだろうけど。

それでも、それを選んだ。

大好きな人たちとともに歩む道を。

# あとがき

約一年ぶりの、「保育士さん」の続きです！　お待たせしました！　もしくは、初めてまして、のかたは、前巻も買っていただけると嬉しいです（宣伝、宣伝♪）、森本あきです。…って、どんなあいさつだよ。

さてさて、前回の保育士さんには、こんな感想をたくさんいただきました。

ナポリタンを作ってみたら大好評でした！　わが家の新しいメニューになりました！

そんなに気に入ってくださって、ありがとうございます！　そして、「官能小説家」の二巻目のときは、やはり、こんな感想が多数。

鳥団子鍋がおいしそうですね！　さっそく作ってみたいと思います。

いやー、あれはおいしいですよ。ぜひぜひ作ってみてください！　というわけで、順調に料理作家として…待てーっ！　何かおかしいだろ！

私はボーイズラブ作家じゃないのか⁉

…私はこれから、ラブの部分にみがきをかけるべく、がんばりたいと思います。ですので、みなさま、お好み焼きでも食べながら（本文参照）、温かく見守っていてください。あ、それと、これこれがおいしそうでした！　の感想は、とてもとても嬉しいですので（お料理シーン、書くの大好きなんです！）、これからも、たくさんお待ちしております。

それでは、恒例、感謝のお時間です。

挿絵の大和名瀬先生！　どうすれば、この感謝の気持ちをお伝えできるのか分かりません。今回もかわいい有也にノックアウトです。本当にありがとうございました！

担当の寺田さんにも、お世話になりっぱなしでした。感謝しています。

そして、つぎは、「官能小説家」の続きです！　夏ごろには出る予定ですので、また、そのときにお会いしましょう！

おあずけ期間が長かったので
ハッピーエンドが　ますます
うれしいです！
3人で 仲良く 暮らしていけますように♥
やまとなせ

KAIOHSHA ガッシュ文庫

保育士さんはパパのもの♥
（書き下ろし）


保育士さんはパパのもの♥
2007年3月10日初版第一刷発行

著　者■森本あき
発行人■角谷　治
発行所■株式会社 海王社
〒102-8405
東京都千代田区一番町29-6
TEL.03(3222)5119(編集部)
TEL.03(3222)3744(出版営業部)
印　刷■図書印刷株式会社

ISBN978-4-87724-561-0

森本あき先生・大和名瀬先生へのご感想・ファンレターは
〒102-8405 東京都千代田区一番町29-6
(株)海王社 ガッシュ文庫編集部気付でお送り下さい。



※本書の無断転載・複製・上演・放送を禁じます。乱丁・落丁本は小社でお取りかえいたします。

©AKI MORIMOTO 2007　Printed in JAPAN

KAIOHSHA ガッシュ文庫

KAIOHSHA ガッシュ文庫

AKI MORIMOTO
森本あき
AKIRA KANBE
かんべあきら

# 官能小説家を調教中♥

オクテな官能小説家のカゲキな初体験♥

俺、谷本紅葉は官能小説家。なのに、どーしてもエッチシーンがうまく書けない。それはエッチの経験がないから？　幼なじみで一番の読者・龍に相談すると、「じゃあ俺としようぜ？」ってエッチなことをされちゃって……俺、どーしよう!?

KAIOHSHA ガッシュ文庫

KAIOHSHA ガッシュ文庫

官能小説家に
服従中♡
先生、
小説のためじゃなくて抱いて。
Aki Morimoto
森本あき
傲岸不遜な官能小説家と
けなげな編集者のアダルト・ラブ
Illustration: かんべあきら

憧れの看板官能小説家・天堂近衛の担当編集者になって五年。
若葉は自分の身体を近衛に差し出して原稿を書いてもらってる。
「私の小説に協力してくれ。おまえが必要だ」絶対に逆らえない
殺し文句で近衛は若葉を嬲る。近衛の仕事のためだって分かっ
てるけど胸が苦しくて…。龍×紅葉のラブラブ番外編も収録♥

ガッシュ文庫

# 小説原稿募集のおしらせ

**ガッシュ文庫では、小説作家を募集しています。**
**プロ・アマ問わず、やる気のある方のエンターテインメント作品を**
**お待ちしております！**

## 応募の決まり

### [応募資格]

商業誌未発表のオリジナルボーイズラブ作品であれば制限はありません。
他社でデビューしている方でもＯＫです。

### [枚数・書式]

40字×30行で30枚以上40枚以内。手書き・感熱紙は不可です。
原稿はすべて縦書きにして下さい。また本文の前に800字以内で、
作品の内容が最後まで分かるあらすじをつけて下さい。

### [注意]

・原稿はクリップなどで右上を綴じ、各ページに通し番号を入れて下さい。
　また、次の事項を１枚目に明記して下さい。

　**タイトル、総枚数、投稿日、ペンネーム、本名、住所、電話番号、職業・学校名、年齢、投稿・受賞歴（※商業誌で作品を発表した経験のある方は、その旨を書き添えて下さい）**

・他社へ投稿されて、まだ評価の出ていない作品の応募（二重投稿）はお断りします。

・原稿は返却いたしませんので、必要な方はコピーをとって下さい。

・締め切りは特別に定めません。採用の方にのみ、３カ月以内に編集部から連絡を差し上げます。また、有望な方には担当がつき、デビューまでご指導いたします。

・原則として批評文はお送りいたしません。

・選考についての電話でのお問い合わせは受付できませんので、ご遠慮下さい。

※応募された方の個人情報は厳重に管理し、本企画遂行以外の目的に利用することはありません。

## 宛先

**〒102−8405　東京都千代田区一番町29−6**
**株式会社 海王社　ガッシュ文庫編集部　小説募集係**